U0926049

以取悦自己的方式过一生

HAI OU
TING TING

海欧亭亭

著

江苏凤凰文艺出版社
JIANGSU PHOENIX LITERATURE AND
ART PUBLISHING, LTD

图书在版编目（CIP）数据

以取悦自己的方式过一生 / 海欧亭亭著. -- 南京：江苏凤凰文艺出版社，2018.6

ISBN 978-7-5594-1980-4

Ⅰ. ①以… Ⅱ. ①海… Ⅲ. ①散文集－中国－当代 Ⅳ. ①I267

中国版本图书馆CIP数据核字（2018）第088781号

书　　名	以取悦自己的方式过一生
作　　者	海欧亭亭
出 品 人	柯利明　吴　铭
特约监制	段雪坤
选题策划	郑心心
责任编辑	姚　丽
特约编辑	郑心心
出版发行	江苏凤凰文艺出版社
出版社地址	南京市中央路165号，邮编：210009
出版社网址	http://www.jswenyi.com
印　　刷	三河市龙林印务有限公司
开　　本	880×1230毫米　1/32
字　　数	120千字
印　　张	8
版　　次	2018年6月第1版，2018年6月第1次印刷
标准书号	ISBN 978-7-5594-1980-4
定　　价	39.80元

以取悦自己的方式过一生

目录

Contents

第一章　最高级的愉悦是取悦自己

第二章 声色犬马

第三章 来啊，爱情啊

第四章 相见不如怀念

第五章 永远斗志昂扬

第一章 最高级的愉悦是取悦自己

我们终究要在卸下盔甲的时候，

寻一个自在的方式行走。

我们终归要在失去爱人的时候，

有一个避难的栖息之处。

以取悦自己的方式
过一生

某个夏风沉醉的夜晚，我驾车行驶在江边，驶上桥的时候，瞥了眼车窗外，大概是刚入夜的缘故，夜色很浅，江面上有船漂荡而过。我摇下车窗，风一下子灌进来，忽然有种久违的感觉。

大概是五年前，我去深圳还不久，有一回部门组织聚餐，下班后大家围在一起商量着怎么过去。公司的商务车和经理的车只塞得下三分之二的人，还有三分之一的人需要自己搭乘地铁过去。我便是那三分之一中的一员。

匆匆上了个洗手间，一出来，发现部门的人都走光了。于是抓起包冲去电梯间，可还是没有赶上大部队。

走出公司恰是黄昏，这曾是我最喜爱的时刻，大学的时候最喜欢去操场看夕阳，这是一天里最好的时刻，宁静，祥和，无纷争，无纷乱，内心无比充实。

此刻，夕阳的余温照得天色十分入味，就像是蒸了很久的一盘佳肴，一天里所有的时光都已烹制进去。可我却丝毫没有胃口去品尝，因为我知道，这个点，就是深圳最拥堵最拥挤的，晚高峰。

公交车上是挤变形的年轻面孔，地铁里是排成长队等着过闸机的下班族。这不是一天里最好的时光，这是混沌的一刻，是尴尬的一刻，是汗流浃背动弹不得的辛苦时分。

平时我都会在办公室再加一个小时左右的班再离开，那个时候可以完美地避开晚高峰，可是今天不行，部门聚餐，人人要到，不能搞特殊，不能不合群，这是我们部门一贯的“部规”。

于是抬脚往东边的地铁站走去，将硕大的一轮夕阳全抛在脑后，不管不顾，不理不睬。仿佛只有这样，心里才会好受一点。

人是一种复杂的动物，明明很珍惜某种东西，却又在内心的挣扎中将之抛弃，哪怕心中隐隐作痛，也要装作无所事事。

忽然，有辆车停在我身边，在辅路上，伴随着车窗摇下来，熟悉的声音从车里传来：“海欧姐！上车！”

我弯下腰一看，原来是部门新来的两个月的实习生小何。她笑嘻嘻地朝我招手，让我上车。

坐上车之后，我才发现车里只有她一个人。我问：“这是你的车？”

她一边打转向灯驶上主路，一边点头说：“是啊，本来想多载几个同事的，可是今天地下车库车很多，开了半天才开出来，他们就懒得等我啦，坐地铁去了。”

我不禁打量起这个两个月前才来公司，平时讲话细声细气的小姑娘，她刚毕业没多久，这辆车的价位至少是30万元以上，不像是她自己买的。

“你是本地人？”我问她。

“也不全是，我祖籍是汕头的，从小跟着爸妈一起过来深圳的。”

“哦，那平时都是住在家里吧？”

“不然呢？哎，其实我很想搬出来自己住的，可我妈又说不安全，不让我搬。但讲真，和父母一起住一点也不自由。”

我笑了笑，看着她终于汇入晚高峰的车流中去，我也把头望向了车窗外，开始放空。

晚高峰车很多，而且很多车都是见缝插针，这是一个拼车技的时候。我惊诧于小何竟然车技非常好，一点儿也不亚于十年驾龄的老司机。于是我夸了她。

她笑了：“其实我也是老司机啦，这辆车我 18 岁的时候我老爸就送给我啦，到现在都已经开了五年啦！”

“你老爸是做生意的？”

“对呀，你看你看，我家就住这个小区，是不是离公司很近？嘿嘿嘿。”

小姑娘露出了狡黠而天真的笑容，向我“炫耀”着自己很会找工作：离家近，不奔波。

我看了看那个小区，是深圳中等偏上的住宅区，当时的房价在 4 万一平方米。这样的房子，我不知自己还要奋斗多久才能有机会去奢望，但就在那时，我忽然很羡慕小何。

小何才露尖尖角，早有蜻蜓立上头。

甚至是还未露出角来的时候，蜻蜓就已经向她飞过来了。

黄昏越发浓郁了，再往后，天色就要暗下去了。所有的一切都是白驹过隙，只有那一时的欢颜足以证明我曾活过。好像什么都失去了光泽，只有那坐在副驾驶上吹着晚风和望着自己拥有的东西，那一刻才最真实。

而那时的我，租住在远在关外的城中村，在握手楼里小心翼翼地算着当月的房租和水电费会不会超出预支。而比我小的那一拨人，却因为家庭环境衣食住行均无忧。年纪轻轻开宝马，有房子住，不开心了还能和父母撒个小娇，搬去自家的另一处房产去住。

我向来是一个坚强自立的人，当时只当是工作太累，想法有些消极，睡一觉便会烟消云散。但没有想到的是，这种感受弥漫了我许久都不曾散去。从那以后，每当我看到在深圳有房有车的朋友同事，都会无比羡慕。

我不羡慕他们的出身，也不羡慕他们抓住了某个好时机积累了财富，我只是喜欢那种感受，那样一种不会为捉襟见肘的日子而发愁的感受，不会在早晚高峰被夹杂在密不透风的人墙里毫无尊严可言的感受，不会心里没底、心思很飘的感受。

但那种感受随着我从深圳回到小城，便渐渐地消失了。

几年前我在小城买了婚房，但一直没住，直到房子交楼、装修完毕，才忽然想着，要不回来吧。也不想再被深圳变态的房价所羞辱了。直至我回来的那个月，深圳关外的房子也已经涨到了四五万，而小何家的那个地段已是七八万的均价。

回来后在老家休养了一段日子，然后便搬到了小城，搬进了自己的房子。我和老公都喜欢高层，房子接近三十楼，对面是一座小山，空气清新，日光旖旎。

再然后，等我们工作都稳定了，我们买了车，小城不大、少堵，去哪里都很方便。

小城有数条江，每条江上都有桥，四车道，往来繁华。常在不加班的晚上驱车去江边吹风，稳固的桥底是潺潺的江水，月亮高高挂在天空一动不动，时间有些静止，心里无比宁静。江的另一边是这座小城的庞大住宅区，那万家灯火中便有一家是自己的。

那种我曾无比羡慕的感受，此刻又回来了，就在我从桥面驶过，江风吹我耳边的时候，它们一股脑儿地全部回来了。

现如今，那些在大城市里特有的焦躁感似乎很久都没有光顾我了，伴随而来的是无比的真实和充实，甚至还有些不仔细回味就难以发现的幸福感。

多年后你有了农田，有了马车，有了宅院和狗，那些颠沛流离的日子就像一只飞驰而过的黄雀，你看不到它的踪迹，只能在某个一觉睡到自然醒的早晨，听见它叽叽喳喳地叫着，而待你推开窗，它又哗啦一下就飞走了。

感谢曾经颠沛流离的生活，让我更加珍惜现在所拥有的，虽然我不知会不会就此过一生，但一生如此漫长，总是要寻到让自己喜悦、令自己心安的方式的。就好像年轻时一定要有一只辛苦飞转的黄雀，积攒一身漂亮的羽毛，至你安顿下来，在你晨起的时分欢快地叫着，不负一日好韶光。

姑娘，有一个爱好
比有一个爱人更重要

我们终究要在卸下盔甲的时候，

寻一个自在的方式行走。

我们终归要在失去爱人的时候，

有一个避难的栖息之处。

/ 1 /

收到一条读者留言：海欧姐姐，我和男朋友分手了，我那么爱他，为什么还是不能和他走到最后呢？我的爱情没有了，爱的人也不见了，我好难过啊，没心情上班，不想化妆，不想出门，我不知道以后该怎么办了。

我回复她：亲爱的姑娘，有一个爱好，比有一个爱人，更重要。哭一场，然后擦干眼泪，随便学个什么感兴趣的东西，插花、烘焙、琴棋、书画。实在不行，就制订一个旅行计划，热爱大地万物。

失恋，是一个永久话题，永久得比爱情本身还久。许多人这一生陷在失恋苦痛里的时间，比热恋在一起的时间还要长。失恋之后的第一件事是什么呢？我觉得应该是哭一场，除非你没有付出过真心，流不出眼泪。

然而，哭一场足矣，不要给自己第二场、第三场的机会。因为，除了爱一个人，我们还有很多重要的事情要做。

/ 2 /

我在深圳某家公司任职总监的时候，带的团队里有个毕业没多久的姑娘，聪慧机灵，长相甜美，对于工作接受能力特别强，我有意栽培她成为主管。

还在考核期呢，我就发现这姑娘不对劲了。

先是接二连三地迟到，人事部发来警告。然后干脆请假晚到，请假原因是身体不舒服。我找她谈话，在公司的玻璃会议室里。看得出她心里有事，但她似乎不愿意说出来。

下班后，我约她去公司楼下的咖啡馆。离开令人紧绷的工作环境，咖啡馆的柔和情调终于令她说出了自己的苦衷。

原来，她这段时间正在和男朋友闹分手呢。

两个人似乎有难以调和的矛盾，又或者是三观不同，总之，就是争吵不断。男朋友也是年纪轻，脾气冲，经常气得她什么也不想做。

是的，什么也不想做。这是她告诉我的原话，听得我十分心惊。

比如，男朋友会在半夜打来电话，为一点小事和她争执，继而两个人隔着电话能吵到天亮。

比如，男朋友会在吵架后玩失踪，手机关机，通信工具一个也不上线，不回复。

再比如，男朋友会故意在微博上和前女友互动，不知是有心作乱还是故意气她。

于是，这些都成为她不来上班的理由，她自己应付自己糟糕透顶心情的理由。

她问我，如果在男朋友提分手的时候她挽留一下，两个人是不是会有不同结局。

我说，结局是什么并不重要，你应该问你自己，会不会幸福。

她看着我，想了半天，最终神情苦涩地回答我：应该不会。

为什么？

假如我们结婚了，我还得忍受他的失踪乃至夜不归宿，还得对他和前任的互动睁一只眼闭一只眼，还得吵没完没了的隔夜架，我想我会疯掉。她说。

我拿咖啡杯碰了碰她的杯子，说，祝贺你，想明白了。接下来，期待你在工作中的表现，我相信会有惊喜。

她朝我郑重点头，说，以后，迟到早退这样的事情不会再发生了，年终考核之前，我会提前完成成绩单。

我说，在这之前，你可以培养一个爱好，度过难熬的失恋期。同时，确保你今后很长一段时间不会再做傻事。

/ 3 /

大学毕业的那年冬天，我谈了两年的爱情以失败告终。我清楚地记得当时的感受，悲伤无以名状，生活有些绝望。那是距离网上疯传的“世界末日”最近的日子，2012 年 12 月，还有几天地球就要毁灭。可我的爱情居然比地球更早毁灭，这令我难以释怀。

我是个要强的姑娘，我以为我的爱情也如我一般强壮，没想到却挨不过异地的第一个严冬。所谓脆弱的爱情斗不过风雪，大抵是这个样子。

失恋之后，我咬着牙接受了单身这个事实，我想，单身就该有个单身的样子，有个单身的骨气。

从前，谈情说爱占据了我日常的大部分时间，我似乎很久都没有听一听自己内心的声音。我的闲暇时间，是不是可以用来做点其他的事情？

那晚在深圳地铁 1 号线上，我忽然听到一首久违的曲子，是林海的《琵琶语》，在嘈杂的车厢里，依然听得我心潮澎湃。

我当即做了个决定：学古筝！

我用一个月的工资，去报了离住的地方最近的古筝培训班。课程安排在周末，每周两节课，每节课不过一小时的时长。教我的老师说，琴是一门技艺，所谓技艺，就是日积月累的磨炼。因此，每晚下班后我直奔琴行，练琴一个小时，再去吃晚餐，回家睡觉。

一个月后，反复压弦的指腹已经磨出了茧，弹的时候已不再疼痛，而我也已经忘掉废弃的旧男朋友。我用当月的一半工资，买了一把楠木古筝。从此只用在家中练习。

那段时间我的睡眠质量格外好，夜里 11 点入睡，早上 6 点自然醒。梳洗完毕后，我会坐下来，练一个小时的摇指。

因为住的是租来的房子，隔音效果很不好，我怕吵醒周围的住户，便想了一个法子来练。我用左手将琴谱压在琴弦上，右手练指法，如此一来，弹的时候便没有了声音，指法照练不误。

再往后，弹古筝已然成为我在浮躁都市生活后的一种慰藉，令我始终能够在喧嚣中拥有属于自己的安静一隅。

从此，人生不再有任何比愉悦自己更重要的事了。爱情的失落，工作的起落，人情的冷落，都不足以打垮自己。

我没有想到，一个小小的爱好，竟然强大得能够令生活完全好起来。享受晨曦，享受春光，享受生活，慢慢成为一种自然而然的状态。

/ 4 /

见过太多的姑娘，自从恋爱之后，便再无属于自己私有的时间。她们小心翼翼地经营着自己的感情。其实这并没有对错，只是，爱人固然重要，却不一定永远属于你自己。而爱好，却能伴随你一生。

况且，就算是和所爱之人修成正果，两个人终究还是两个独立的人。

弗吉尼亚·伍尔芙在《一间自己的房间》里这样说：女人要有自己的房间，在里面独立思考、读书和写作。

诚然，这是一个女作家式的生活，但“读书和写作”，说的就是爱好，而房间，其实就是空间。你要有属于自己的空间和时间，去做自己喜欢的事情。

以至于在爱情不尽如人意的时候，失情复琴。

以至于在面对摇摆不定的旧情时，说一句：你别来，我无恙。

/ 5 /

曾采访过一位开手作工作室的姑娘。插花，烘焙，缝纫，她把生活过得活色生香。

她的工作室位于闹市中的一方小院，每一间都是一个不同的天地，有不同的老师，教授不同的手作课程。

由于相谈甚欢，我常去找她玩，没事的时候还去她那里写稿。后来，我似乎发现了一个问题，她已经过了三十岁，身边似乎却没有男伴。她活得很独立。

某次午后闲聊，我问她，是不是还是单身贵族呢？她笑着说，不是，已经结婚八年了。

我惊愕了。

是不是看我从来没有让我家先生露过面？她嘿嘿一笑，接着说，其实我从小就喜欢手工创作，就想着以后能拥有一个属于自己的手作天地。我是个一心到底的人，这些年，无论恋爱或者成家，都没能改变我这个初衷，可算是坚持下来了，而且一天比一天更加坚持。

那你先生支持你吗？我问。

支持，我坚持的事情他都支持，因为他知道，对于我认定的事情，他支不支持都没有用，我照样会做，哈哈。

我不禁赞叹。

其实他也有自己的事情要做。他超喜欢冲浪和摩托艇的，这会儿估计正在他的海边度假屋教人冲浪呢！她眯起眼睛，大概是因为脑海中充满了冲浪先生的模样，目光变得十分柔和。

原来他们都有自己的爱好，并且互不干涉。浮躁的都市生活，往往令人迷失方向。拥有一个坚定的爱好是多么难能可贵的一件事啊。

相爱的同时，更让自己，也让对方，尽情舒展。又或者，正是因为意志坚定地爱着一个爱好，才使得他们学会爱另一半，尊重另一半。

爱人之前先爱己，这才是爱情最好的模样。

最高级的愉悦，是取悦自己

/ 1 /

有位读者曾问过我这样一个问题：海欧，作为作者，你写作的时候有没有什么小癖好啊？

我认真想了想，然后看了眼我的电脑桌面，顿时有了答案。我回答：当然有，我会在电脑旁堆满零食和甜食，以及一杯温开水。

可不是，在电脑开机的那几十秒，我会逐一拆开一包包的零食，在电脑黑屏前吃完，然后喝一大口温水。舌尖盛开的味蕾协同胃的饱足一齐上升至大脑皮层，脑神经接收到刺激，产生一种愉悦的快感。这种快感促使我，无论写得多么烧脑，多么辛苦，都不会太难受。

此外，写完之后我通常会高歌一番，以补偿之前写作独处的静默。飙高音，飙粤语，飙各种奇奇怪怪的歌，总之，我开心就好。唱完歌如果时间不晚，我还要出去觅食一番，来顿美食。可谓是犒劳自己。

总结起来就是，在用文字劳役自己的前一秒，用零食取悦自己。在大功告成之后，用释放声线的方式将积攒的压力释放出来。

如果说写出来的文字是供读者阅读和共鸣的，那么，动笔之前的提神以及写完之后的释放则完全是取悦自己。

而最高级的愉悦，正是取悦自己。

/ 2 /

闺蜜雯雯最近失恋，男朋友大东提出的分手，大体原因是厌倦了、不爱了这种敷衍的借口。我却觉得，是他们的相处模式不对。

一开始就不对。

两人是在一个兴趣讨论小组里认识的，大东涉猎广泛的谈吐令雯雯大为欣赏，在一次小组聚会后，雯雯欣然向大东表示了好感。

大东起初婉拒了，说雯雯不是他喜欢的类型。可这姑娘死心眼，坚信自己可以打动喜欢的男生。于是，我们看到了一系列的“女追男隔层纱”的大胆举动。

大概是雯雯的爱太热烈，太真挚，感动了大东。雯雯终于成了大东的女朋友。

可她没有意识到，爱就是爱，与感动无关。

好不容易织好了一条围巾，却因为一句“对不起我不喜欢白色”而被退回。煲好汤打车赶去，趁着汤还是热乎乎的时候送到对方面前，却因为“不好意思我刚喝完砂锅粥吃不下了”被放进冰箱。

除去织围巾、煲鸡汤这些“身外事”，雯雯连他的内在也不肯放过，她想走进他的内心。

大东是个古典哲学迷，于是，雯雯买了一堆古典哲学的书籍，费劲地啃着那晦涩的内容，却因为一次答不出“德国古典文学的代表人物是康德还是黑格尔”而遭到大东鄙视。

雯雯想把每一件事做好，但好像每一件都做不好。大东似乎永远都难以取悦，永远都无法琢磨透。

最终两人还是分手了。雯雯告诉我，大东说她活得太没有自我，一天 24 小时都围着他转。

我说，男人都是放养动物，经不得圈养。有时候你以为你是把所有的关心都给了他，把他放在第一位，但其实他是会感到恐慌的。他会觉得被束缚，想要摆脱和逃脱。

最过分的是，两人连啪啪啪这件事，都极度畸形。

做大东女朋友的这几个月，雯雯能有的快感屈指可数。每次她都是尽力配合，佯装性福，以此来取悦男朋友。

我说，幸亏你们分手了，不然他就是你的灾难。倘若你这一辈子都跟了他，那岂不是一辈子都无法获得高潮?

/ 3 /

另一位朋友小婧，她的男朋友则是圈里有名的“晒女友狂魔”。

点开他的朋友圈，全是小婧。

一会儿晒小婧滑冰滑得好，自己连摔跤。一会儿赞小婧钢琴弹得棒，自己听得都陶醉了。一会儿秀小婧的厨艺，做的甜点比蛋糕店的还美味。配图是标准的九宫格，九张照片，都是小婧的倩影。

作为和她共事了两年的同事，只有我才知道她有多刻苦。

当初觉得滑冰既酷又姿势优美，为了学滑冰，她摔得鼻青脸肿，咬牙坚持了一个月，才学会。

钢琴是从小就开始学习的，并不是父母逼迫，而是觉得钢琴弹奏出来的声音好听，自己主动要学的。

至于厨艺，用小婧自己的话说就是：身为一个吃货，我必须要具备足够的绝活儿，才能让我的胃满意。

其实所有的所有，都是因为自己喜欢，自己热衷。做的时候也是乐在其中，颇为享受。而男朋友对她的欣赏，也是因为她的独立和广泛的兴趣爱好。

他欣赏她，源于她自身闪耀的光芒，而非她对他不计一切的好。相反，正是因为她如此爱自己，懂得如何取悦自己，才使得他珍爱她。

小婧和雯雯最大的不同，并不是因为爱的对象不同，而是爱自己的方式和程度不同。雯雯爱男朋友，则无限度地想方设法取悦他，以得到他的欢心和喜爱。小婧则是爱自己，将自己变得更美好，从而收获男朋友发自内心的欣赏和爱。

尽管喜欢和欣赏，原本就是两码事，但如果这两码事组合在了一起，则效果惊人。它会产生一种名为“爱”的化学反应，且持久。

/ 4 /

因为工作的缘故参与过一场记忆尤新的评标。说是评标，其实也没有那么严格，通俗地讲就是，挑选一个合适的合作方，一起完成项目。

那三天的时间，我们项目组接待了六家公司团队，这些团队各有出彩之处，有的早已名声赫赫，用不着他们多费口舌，有的做过大项目，经典案例在手。还有的资质久远，经验丰富。

各有优势，不好作选。这时，我们的项目领导组织这六家公司一起会面。我们心里都有数，这是要最终拍板了。

看得出，这些公司也都很重视，都带来了详细的解说课件，由我拷贝在会议室的电脑里。我拷了足足十分钟才全部拷完。

听罢六方的解说后，领导问了一个问题：你们因为什么，想要进行这个项目？

大家沉思片刻，依次作答。

答案几乎都是讲这个项目的优势以及对我们公司的仰慕。其中不乏将项目优势讲解得十分到位的陈词。

唯独有一家公司，他们给出的理由是：因为我们对这个项目感兴趣，我们可以从不同的维度来展示我们的才华和优势，此外，项目做成之后，将是我们公司的经典篇章。

这是一家资历尚浅的公司，因此是老板亲自过来的。这位老板三十岁出头，十分意气风发，陈词之间偶有狂傲。

最后，领导选了这家公司。他认为，其余的五家公司都是在取悦作为甲方的我们，而只有这家公司，自始至终只想取悦自己。换句话说，他们是最“自私”的乙方，但也只有最自私的乙方，才能将项目视为己出，因为他们会认为这个项目不是甲方的，而是他们自己的，从而全身心地投入去做。

原来在工作上，一味地迎合也并不是长远之计。“自私”并不是坏事，它会发动你的每一个细胞，全身沸腾地去做一件事情，前提是你对此事饶有兴趣，渴望从中获得巨大的愉悦。

始终不过那句话：最高级的愉悦，是取悦自己。

爱情如此，工作如此，这一生都如此。

我们终究是为自己而活的，自己才是自己最长久的陪伴。取悦他人往往适得其反，弄得不好丧失了自我，竹篮打水一场空，什么也得不到。

况且，没有人是靠取悦就能真正“收买”的，人们更愿意发自内心的崇拜，而非外在的夸赞。一味地取悦也会成为一种累赘，令他人避之不及。

我们终其一生，让自己真正开心和愉悦的事情会有多少，取决于你是取悦了别人，还是取悦了自己。

啪啪啪的最高级愉悦是通过自己的愉悦带给他人快感。人生最高级的愉悦是我若安好，世界便是晴天。

靠取悦别人而获得的开心，就好比用春药换来的快感，其感受终究不是通过自身产生的，最关键的是，容易早泄，不持久。

而你享受的最高级的愉悦，将是你自己手把手带给自己的。

就这样，过一生。

你要足够强大，才能抵御“每况愈下”

/ 1 /

年初的时候过得很闷，不知是天气的原因，还是心情的原因。总之，情绪一直起起落落，也找不到出口。

和一位写作的朋友聊天，她的新书刚上市，封面做得很漂亮，人气也不错。但她忽然告诉我，最近一度抑郁，感觉书不太好卖。

我宽慰她，慢慢来，书好不好卖是市场和读者决定的，作为写作者，我们的使命已经在写文的时候完成了，不必太过介怀。

她说可能是自己想要的太多。

我说其实我也一样，总是野心勃勃想要撬动世界，到最后，发现有一颗属于自己的闪闪发光的小行星也不错。

而且，写作有时会使人肿胀，浑身不舒服，实在难受的时候，就放下，放空一段时间，再满血回归。

她说，而且会膨胀，好的时候我不知道自己是谁了。坏的时候我就特别沮丧。

我说：反正就是在大起大落的情绪中度过很多天，直到有一天，长成不再动摇的我们，就似乎真的强大了、稳固了……

然后我当时还一激动，说错了一个例子。我说，你看，东野圭吾 29 岁才开始写呢，我俩都还没到他这个年纪就写了，所以以后的路还长着呢。

哎，后来才反应过来，这个例子是村上春树的，被我一下子就说错了。

想想这世上就没有一件容易的事，也没有一直光鲜亮丽的人。所有你看到的，都只是别人想让你看到的，如此而已。

我想起《破产姐妹》里那句炙热的话：这就是人生，人生只会每况愈下。

那些告诉你生活只会越来越好的，都是假的，假得美妙，假得虚无，但并不虚伪。

我们能做的，就是练就一颗百毒不侵的心，从而坦然面对日后数十年每况愈下的人生。

/ 2 /

我空闲的时候会在电脑里翻看自己从前写的文稿，发现这两年确实写下太多太多励志的文字了，但我想我并不就从此无敌，我也是凡夫俗女，有软肋，时而脆弱，时而很沮丧。

今年春天，尤是。

也常常对生活失望，乃至间歇性地绝望。

还是会做奇奇怪怪的梦，醒来一阵失落和难过。

会连续好几天挤不出什么时间来动笔，也会对着电脑一晚上也写不出几个字来，灵感枯竭。还有写了半篇之后觉得这他妈什么玩意儿然后扔进回收站郁闷不已。

当然，伴随而来的还有被退稿，被拖稿，被要求改稿，再改，郁郁不得终结。

这些，我都很少对外诉说，因为我觉得，说了也没有用，事情不会因为你说出来就得到解决，从来不会。

所有的难受只能我们自己扛。失恋，失业，失去亲人，失去朋友，失去宠物，都只能自己舔舐着伤口，自己走出来。

不过我还是挺喜欢一句话的：

凡事抱最大的期望，做最坏的打算。

/ 3 /

后来和一个写公众号的作者朋友聊天，聊到一位突然火起来的公众号作者。

她说，从前蛮喜欢这位作者的，可是这个人火了之后，文章变得满是戾气，看着都怕，只能默默取关了。

我说，我也是。

许多人一旦得到突然而至的东西，总会变本加厉面目狰狞。

想起曾经看到过的一句话：无论何时，请不要拥护偏激。

是啊，偏激的时候，人往往满身戾气，自己都忘了最初是要来做什么的了。

/ 4 /

而写作到底是一项苦差事。在这里我想说说我尤为敬佩的作家，也就是前文中提到过的村上春树。

这个人是个怪人，却有着惊人的写作力量，并且强大到令我害怕。

凌晨四点起床，写五六个小时，到上午十点为止，每天写十页，每页四百字。然后跑步、做翻译，下午两点左右结束，接着就随心所欲。

而我们大多数人的生活，似乎是从两点开始的。早上睡懒觉，中午吃完饭，就墨迹到了两点。随之而来的还有熬夜，熬到凌晨，内脏酸疼。

不得不说，做任何事情，都需要惊人的毅力。村上坚持了三十多年，将一个看似自由、随意的职业——写作，做得严谨苛刻，甚至极致，而且并没有影响到私人生活。该跑步跑步，该吃饭吃饭，该享受享受。

当以这样的生活方式，为自己的航向。

/ 5 /

越长大我们越会发现，生活总是在不断给我们制造麻烦，而我们还不得不处理掉这些麻烦。

没有谁可以逃脱过，也没有谁可以避而不见。众生平等。

所以，莫羡慕任何人，任何人都有苦衷，都有难言之隐。

所以，做我们自己就好，顺便逐渐强大，足够抵御每一场“每况愈下”。

不困于情，不乱于心，不取悦他人

女友聚会是每隔一段时间都必须举办的课题，其实就是茶话会，相当于学生时期的卧谈会，大家聊聊彼此的近况，增进增进感情。

那段时间我因为赶稿，有几次没去成，等到再去的时候，发现大家的讨论话题已经非常规律地围绕着阮阮。

阮阮姓阮，性子软，耳根子也软，所以大家就顺势叫她阮阮，她也乐于接受。可就是这样一种“软性格”，此时却成了她的烦恼。

由于性子软，她常常作为一个老好人的标准立于世。在我们一群姐妹当中，她的性格是最柔软、脾气是最好的，也不与人发生冲突，所以是人缘最好的一个，还常常替我们着想，谁因为什么事想不开了或者姐妹之间闹了小别扭，阮阮必首当其冲当和事佬。

友情里都是这副模样，在生活中更是软得不像话。这不，因为她的近况，导致姐妹们全都义愤填膺，全程都在为她出谋划策。

“阮阮，你不能忍！你婆婆确实太过分了！”小白说。

“还有你那小姑子，真是你婆婆亲生的！不能再惯下去了！”欢子说。

“最主要的是钱，要自己保管！这可是财政大权啊！”岑姐说。

“你老公到底是不是亲生的？你到底是不是你老公亲生的？”叶子急得口不择言。

我一口茶还没有吹凉，就见大家一个比一个激动，生怕这帮姐们儿太维护阮阮从而导致人家家庭关系不和甚至破裂，于是说道：“你们能不能冷静点，这是要组成坏姐妹拆婚联盟吗？”

“你是不知道，她家……”

于是大家给我恶补了前几次聚会的内容，我在阮阮不断点头承认的基础上才逐渐明白事情的原委。原来，阮阮的“软”，已经解决不了问题了。

阮阮和老公结婚四年，女儿三岁。刚怀上女儿那会儿由于身体不太好，她便辞职在家养身体。等到女儿出生，她又亲力亲为地将女儿带到一岁断奶，交给孩子的爷爷奶奶带，然后继续来深圳和老公一起工作。然后，奇葩的事情一件接一件地发生了。

首先是原生家庭的问题。阮阮结婚的时候男方家里并没有给什么聘礼，也没有买房子。婚后不到半年，她婆婆在老家盖起了三层小洋楼，而且明确告诉她：你们的房子自己挣钱买，我是不会出一分钱的！当时年轻善良，只觉嫁的是一个好男人就够了，至于他的家庭，则没有计较太多。

而阮阮和老公两人都还不到三十岁，在深圳收入并不算高层人群，除去生活开销，想要买房，若没有家里支持，怕是短期内很难如愿。

这还没完。自她婆婆开始带孙女开始，明码标价地提出每个月需要她们小两口给三千元生活费，此外，孩子的奶粉、纸尿裤、玩具等一系列开销，都由小两口自己负责。阮阮的公公有退休金，养老并不成问题，据说已经在准备买辆 SUV 开了。

阮阮的婆婆喜欢跳舞，让阮阮他们买了台三千元的音响，用了不到俩月，嫌音质不够好，让换一台五千元的。

过年回家，婆婆劈头就问阮阮存了多少钱，阮阮说没多少，婆婆立刻说是阮阮不会管账，要求他们每月把工资上交，由她老人家“费心”来替他们保管。阮阮哭笑不得。

如果说“家有两老如有两宝”就算了，他们还有个磨人的小姑子。这姑娘自上大学就由她哥哥也就是阮阮的老公负责学费及生活费，阮阮嫁给她老公四年，她老公就养了亲妹妹四年。如今妹子大学毕业了，说要买手机，阮阮给了她三千元，还没来得及告诉老公，结果小姑子又从不知情的老公那里拿走了五千元。

一部手机，需要八千元，这是一个靠哥嫂接济读完书刚出校门的女孩的消费观。而且，小姑子执意要来深圳工作，还要带上一个表妹一起过来。就因为这件事，阮阮最近操碎了心。

“我总不能不管她们吧？”阮阮说。

“你要怎么管？”欢子说。

“先去换租个更大的房子，她们过来总得有个落脚的地方啊……”阮阮说。

“然后呢？”小白问。

“然后每天要早点下班回去买菜煮饭，那么多人，还得多买点菜。还有她们的工作，也要帮她们找找，这刚毕业，万一被骗了怎么办……”

“那你换租大房子多出来的房租以及她们姐俩儿吃喝拉撒的钱，谁出？”叶子明显语气不好了。

“她们刚毕业，我总不能问她们要钱吧？”阮阮有些苦恼。

“是这样的，阮阮，你活得太没有自我。”岑姐说，“你呢，因为孩子辞职了两年时间，你们目前经济条件属于一般，而且没有什么保障，没错，你们没有不动产。再者，你女儿三岁了，该上幼儿园了，是不是该考虑把孩子接过来身边了？最后，你不是圣母，不可能做到人人感激你。我记得去年你也是收留你老公家里的一个表弟住了一段时间，结果有一天加班回去晚了没煮饭，就遭了对方的脸色。有这样的前车之鉴，你还要继续赴汤蹈火吗？”

“那怎么办，我也很苦恼，他们都是亲戚，总不能闹僵了吧？”阮阮说。

“跟她们明确说，第一，可以过来工作，但需要自己租房，你可以帮她们在附近找房子。第二，工作自己找，带好足够两个月生活的费用。”岑姐说。

“这，不太好吧？万一传出去了都说我不好怎么办？”阮阮担忧道。

“阮阮，自始至终，你有没有考虑过你自己的感受？”我听完了事情的始末，问道。

阮阮不解地看着我。

“所有出了问题的关系，当事人都会问对方一句‘你有没有考虑过我的感受’，唯独你是个意外，你的问题在于，你从来都没有考虑过自己的感受。”

“你太在乎他人的感受，太注重别人的评价，却从不问自己是否委屈。你想做个无私的人，可那些自私的人并不会感激你。这么多年了，阮阮，你真正因为自己内心的快乐而快乐的次数有多少？”

阮阮不做声，大家也都在叹息。

我知道这次聚会并不会对阮阮的生活带来质的改变，她大概仍旧会去租个大房子，接来小姑子和表妹，给她们煮饭做菜，帮她们找工作。也依旧会给婆婆生活费，买几千大洋的音响，而自己连一件五百块的衣服都舍不得买。

最怕的就是你为了维护你们的关系无私奉献，而他人非但不懂得感激，反而认为理所当然。

我们活在世上数十载，会遇见很多的人，也会收到很多或明或暗的评价。无论评价好坏，都是出自他人之口，几秒钟便能湮没在唾沫横飞的流言里。

你始终无法成为上帝，满足任何人，况且即使是上帝，也无法满足数以万计的人类。这一世不短不长，对自己好一点，恐怕才是王道。否则，一旦有人说你的不是，那么你刻意树起的形象依旧会坍塌。

取悦他人，永远是个填不满的无底洞。所以，不要妄想蒸干大海，也不要幻想能取悦所有人。我们唯一能做且做得好的，是取悦自己。不懂得取悦自己的人，怎么做都会得罪他人。因为你的无私，永远也喂不饱那些自私的人。

索性就取悦自己吧，没准儿还因此获得了他人的欣赏和尊重呢。

愿你成为更好的自己

收到一条很长的读者留言，是一个小姑娘发的，她刚出来工作不久，最近碰到了困惑。

海欧姐姐：

我可以问你一个问题吗？执着于一个头衔，比如说主管，是不是很虚荣又幼稚的事情啊？就是说好像一个头衔也没什么，执着于这个头衔是不是不应该的事情？

说详细点就是，我现在在一家创业公司，就是我们学校的师兄他们创业的，然后暑假之前，文案部的主管本来说不想待在文案部了，想去别的部门，所以师兄就说让我接管文案部做主管。

放假回来后，原先的主管又觉得新部门还没有开展，就又回来文案部了，然后师兄就让我和她一起带文案部。因为她原先就是文案部主管，但我原先不是，之前我是文案助理的岗位。

可是就会很执着于那个头衔，但我又觉得这样好像特别虚荣，好像我要去跟主管抢一样，我就觉得好难受也好迷茫。我是不是不应该这样子。虽然在公司的问题会解决，但是我很想知道，我这样子，是不是特别幼稚，没有意义的事情。我不知道问谁，只能叨扰姐姐了。

小 R

小 R：

你要记住，这个世界，能者居上，而不是先来者居上。所以，你大可不必太过担忧，只管努力工作，发挥你的才能，让自己发光。

我和你说一个例子，这个例子的主人公不是别人，正是我。

我的第二份工作，当初进公司的时候我的职位是助理，而我执着于经理，觉得这个职位，我凭自己的努力，一定可以得到。

那段时间我像一块在阳光中久晒干涸的海绵，突然冲进暴风雨里，疯狂吸收水分，使自己丰盈饱满。

凡是我不会的，无论绕多少弯子、请教多少人，我都要学会。凡是能发挥我特长的，我一定不藏着掖着。

那段时间，每天我都像打仗，从一个战壕，冲向另一个战壕。

然而每一个项目都没有那么容易做。殚精竭虑的方案，高强度的工作量，刁钻的甲方。

后来我就成了经理。再后来我执着于总监，也做到了。现在我执着于作家，希望有一天也能靠一双沾满墨的手成功。

《芈月传》热播后，国民公子黄轩红了，我看了他的一期访谈，他在节目中直言不讳地道出自己落寞萧条的曾经。当年的他还是一名小演员，虽然一直在努力演戏，但机会总是和自己擦肩而过。

2005 年，黄轩被挑中出演张艺谋的《满城尽带黄金甲》，他为了这部戏，中途还推掉了海岩《五星大饭店》的男二号。前后试戏试妆半年多，但突然就断了音信，黄轩还是从报纸上得知电影要开拍，副导演才回复“抱歉，周杰伦要进组，你不合适了”。

参演娄烨《春风沉醉的晚上》，四十分钟的戏最后被剪成一个背影，黄轩还是事后才知道的。

演薛晓璐的《海洋天堂》，做了相当大的功课和准备，最后因为“长得不像李连杰”被换掉了。

那段时间，黄轩心情 down 到极点，甚至对自己是否适合演戏产生了极大的怀疑。

然而，好在他没有放弃，不然也就没有我们所看到的公子歇和程主任了。

访谈中，主持人问黄轩，想不想更红更出名。

黄轩直言：“我也希望自己能更有名一些，这样我能有更多的机会。”

这句话，我深表赞同。

我们为什么执着于头衔、执着于成名、执着于出人头地，不仅仅是因为外在的东西，更多的是因为，倘若达到，那么我们的人生将更加豁达。

企业高管拥有决策权、制定规则权等权利，可以让自己优秀的管理才干得到充分的展示。

演员、歌手执着于成名，不仅仅是因为明星的光环，而是只有这样，才有机会接到更好的角色、拥有更好的制作团队、更好的歌曲。

当然，这些执着，并不是大话，也不是口号，不然也就流于形表了。这其中，往往要付出比常人更多的努力和心血，更多的艰辛与磨砺。

所以，你并不是执着于那个头衔，而是执着于对自己能力的一种肯定，一种自信，同时也是努力奋斗的一种决心和勇气。这并没有什么不好。

因为，我们都是为了成为更优秀的自己。

第二章　声色犬马

情欲这东西，极难把握分寸，

少一分清汤寡水，

多一寸色欲熏心。

暗恋·得不到的才是桃花源

题记：一个关于“暗恋”，

一个关于“桃花源”，

中间用“寻找”来贯穿。

《暗恋桃花源》（这里以20世纪80——90年代赖声川导演，林青霞、金士杰主演的版本为主），我是大学时期看的第一遍，但那时候并未看得很懂，看完之后大概有这几个感受：1. 话剧原来是这样演的啊。2. 话剧演员比影视演员功力要深厚许多，因为影视拍摄还可以NG，但话剧不允许，每一场演出即是定格。3. 林青霞绑两个辫子的样子真是惊艳。4. 记住了里面的一句颇有禅意的台词：放轻松，放轻松，放轻松。

然而这么多年，还是没能学会“放轻松”。

某一个周末去了趟外地，返回深圳途中看了第二遍《暗恋桃花源》，时隔七年，再看时，心境大不一样，似乎懂了很多。

/ 1 /　暗恋 · 桃花源

《暗恋桃花源》讲述了一个奇特的故事。两个不相干的剧组“暗恋”和“桃花源”，十分乌龙地和同一个剧场签了当晚彩排的场地，面对一个舞台，双方争执不下，谁也不肯相让。由于一个是第二天演出，另一个是第三天演出，他们不得不同时在剧场中彩排，遂成就了一出古今悲喜交错的舞台奇观。不得不感叹赖声川编导的强大和颠覆，真正做到了“悲喜交加”。

《暗恋桃花源》中一静一闹、一悲一喜的两出戏，以戏中戏为我们讲了三段故事。

先说说“暗恋”。其实我一直没有搞懂为什么这出戏要叫“暗恋”，因为一开始男女主角就是相爱的啊。看到后面就明白了，所谓“暗恋”，其实是一场无疾而终的感情，未能在一起度过余生，于是余生都要用来怀念，但又不能说，因为已经有了枕边人。

这个故事是一个现代悲剧，青年男女江滨柳和云之凡在上海因战乱相遇，也因战乱离散；其后两人不约而同逃到台湾，却彼此不知情，念念不忘对方，却在40年后江滨柳濒临病终才得以相见，而老年时的两人均已各自成家。真是物是人非！

“桃花源”则是一出古装喜剧，以陶渊明的《桃花源记》为故事背景。主人公老陶是武陵人，捕鱼为业，由于不举或是尺寸过小，无法生育，被妻子春花与其情人袁老板嘲笑欺辱，于是愤然离家出走，误打误撞来到世外桃花源，遇到了一对和春花及袁老板长得一模一样的男女，只是对方素养极高，并帮他净化了心灵；等他回到武陵后，春花已与袁老板成家生子，过着鸡飞狗跳的日子，春花念念不忘前夫老陶。真是讽刺。

第三段故事，放在后面再说。

/ 2 /　得不到的才是“桃花源”

七年前看这部剧的时候，我一度认为“暗恋”中的江滨柳和云之凡才是真爱。如今再看，只觉得荒唐。为何荒唐？为了年少时期的初恋，而不理会身边陪伴照顾了自己几十年的结发妻子，还不荒唐么?

老年时的江滨柳性情古怪，江太太无法接近他，只觉离他的心十分远，而他对江太太的态度也是十分厌烦的模样，满脑子都是初恋云之凡的影子，甚至还登了寻人启事来寻找她。

对于江滨柳，云之凡是他的“桃花源”，一片纯净美好的记忆。对于云之凡，江滨柳亦是她的“桃花源”，她在年轻时等了他许多年，寄了很多杳无音信的信，最终只能听了大哥“再等就老了”的劝，结婚生子。

其实两人如果当时没有失散，结为夫妻，那也是过着平淡无奇的生活，正因为得不到，才会去想念，去寻找，去追忆，去幻想心中的桃花源。

而“暗恋”的导演在受到“桃花源”的感触后，不禁突发灵感，现场和助理挑灯改剧本，将原本装在黄色信封袋里的一沓厚厚的写给云之凡的情书，改成了留给妻子的房产证明、保险单等财产。

或许是导演幡然悔悟，原来最珍贵的并不是得不到的初恋，而是陪伴了一生的风雨夫妻。所以在病入膏肓的时候，最重要的是惦记妻子，没有了自己会不会过得好。

导演的这一出改戏，我认为十分好。

在“桃花源”中，春花曾以为风流倜傥的袁老板是自己的桃花源，怎么看怎么顺眼，同样，袁老板也这样看待春花。而当丈夫消失、她和袁老板顺利结为夫妻后，双方的缺点暴露无遗，日子过得还不如从前，家徒四壁，小儿难养，夫君懒惰，春花突然发现前夫老陶才是桃花源，只可惜已经回不去了。

爱情是两个人的幸福，如果成为一个人或者三个人的，幸福都会变成痛苦。

人们总是这样，人生总是这样。

/ 3 /　我们都是可怜之人

看到老陶误入桃花源，遇到两个长得和妻子、袁老板一模一样的“本地人”，当白衣飘飘的长得和妻子一样的女子问他：你怎么了？

他口快，说了句“我老婆偷人”。说完顿时想死。可结果桃花源中的人并不知“偷人”是何意，居然问他“偷人是什么意思啊？”

老陶顿时又想死。白衣女子于是劝慰他，倒水给他喝。看到这里，我不禁想哭。

一样的容貌，到了另一个世界，竟然是这般模样。武陵中的妻子并不珍惜老陶，处处挖苦他，而到了世外桃源，有着一样容颜的白衣女子却温和地劝慰老陶，顿时觉得老陶好可怜，一种悲怜的情绪油然升起。

最大的物是人非，莫过于此了吧。

无独有偶，在“暗恋”的故事里，老年江滨柳和云之凡再次相遇，感慨离得这么近（都在台北几十年），却从未碰到过，以至于错过，还真是应了他们年轻时的那段对话：

云之凡：有时候我在想，你在昆明待了三年，而且还在联大念的书……真是不可思议！我家离联大那么近，我怎么会没有见过你？或许我们在路上曾经擦肩而过，可是我们居然在昆明不认识，跑到上海来才认识——这么大的上海，要碰到还真不容易！如果我们在上海也不认识，不晓得会怎么样？

江滨柳：不会，我们在上海一定会认识！

云之凡：这么肯定？

江滨柳：当然！就算我们在上海不认识，我们隔了十年，我们在……汉口也会认识；就算我们在汉口也不认识，那么我们隔了三十年，甚至四十年，我们在……海外也会认识。我们一定会认识。

云之凡：可是那样的话，我们都老了。那又有什么意思呢？

江滨柳：（握云之凡的手）老了，也很美呀！

命运总是这样猝不及防。

/ 4 / 远看美 · 近看糟

“桃花源”剧场第二次上场，布景是桃花源，大片大片的桃林。幕布缓缓下放，导演和李立群一边欣赏一边对话——

这个背景做得漂亮，远看就像绣的一样。

只可惜是远看还不错，近看就不像个样子。

哎，天下事都这样。

然而幕布完全放下来的时候，一整片桃花林的右隅缺了一棵桃树，是纯白色的留白，在粉色的背景中显得十分突兀。导演十分恼火，问原因，结果助理告诉他，说这是完全按照他的喜好来的，因为他喜欢这种留白的艺术，所以让这棵桃树“逃”了出来，成为舞台左方的一个道具。十分乌龙。

或许“桃”就是“（老）陶”，“花”就是“（春）花”，“源”就是“袁（老板）”。如此，便是“桃花源”。

而最后，导演要求把那一块留白补上，工作人员现场补画了一棵桃树。这是不是意味着，人生就如这株桃树，想逃，却怎么也逃不出。也像极了婚姻的围城，围城中人看围墙之外，徒生羡慕，却无法逃脱婚姻的桎梏。

/ 5 / 寻找刘子骥

故事中还有一条重要线索，也就是前文提到的第三段故事，讲述的是一个半疯半痴的女子，误闯剧场，一直念叨着要找刘子骥，逢人便拉着对方问：有没有看到刘子骥？有没有看到刘子骥？

这是一个从未出场却贯穿全剧始终的人物，完全凭借一名痴傻女子的寻找而存在。影片落幕之时，演员们都卸妆离开，唯有那名痴傻女子在舞台上发痴，对着桃树说：刘子骥，每一片都是你的样子，每一片都是你的故事！

刘子骥，这个名字好熟悉。

看完影片后我搜了陶渊明的《桃花源记》来看，看到最后一段，顿觉心惊胆战——

“南阳刘子骥，高尚士也，闻之，欣然规往。未果，寻病终，后遂无问津者。”

千年之前的他寻桃花源未果，千年之后的我们寻他也一样未果。

这便是轮回。人生，终究是破灭。

原来整个故事都是关于“寻找”。寻找刘子骥，寻找初恋，寻找桃花源，寻找一切得不到握不住的东西。

/ 6 / 谁人都如此

下面说几个触动到我的地方：

轮到“桃花源”剧组排练时，林青霞走到观众席上，一个人坐在台下安静地看。当时我就在想，以她的修养，怕是接受不了“桃花源”这出“闹剧”的吧，尤其是第一场，里面不乏很多荤段子，以及夸张的表演方式。然而，演到最后，林青霞竟然在台下鼓掌，令我十分动容。

原来，所谓戏剧，无论悲喜，无论动静，都是相通的。优雅的悲剧演员能欣赏闹腾的喜剧，看似粗鄙的喜剧演员同样能领略悲剧的震撼力。这就是感染。

还有一处是两边导演因为争场地吵了起来，作为喜剧“桃花源”的导演，指控悲剧“暗恋”的导演：“我好好的一出喜剧，被你们搞得乌烟瘴气！”

“暗”导演：“好，老弟，你不说我还不好意思说，我看你的喜剧，我好痛心啊，我最崇拜陶渊明了。”

“桃”导演：“好好好，没有关系，你不讲我也不讲。我看你的悲剧我很想笑。”

“暗”导演：“什么话！”

“桃”导演：“什么话？你自己看看，一个快要死的病人，从床上爬下来，嘴里哼着歌去荡秋千啊！这叫什么玩意儿！啊？还有山茶花，山茶花怎么演？你现在演给我看，你演，你演！”

这一幕，很有喜感。可转而一想，却有深意。

有时候，喜剧更能令人悲恸。我觉得“桃花源”的故事比“暗恋”的故事更催泪。

再就是这一幕，老陶从桃花源回到武陵，想将春花一块带走，却发现春花和袁老板在一起了。他想了想，说：没关系，我们三个：我、老陶，你、春花，他、袁老板……我们三个还是可以一道去，因为那个地方实在太好了！那个地方的每一个人，看起来都是好平静、好祥和……每个人都不再为自己，而是为别人着想，每一件事情看起来都是很美好、那么完美、那么……好。

而最后，老陶却再也找不到回桃花源的路。

这便是桃花源，回不去到不了寻病终的地方。刘子骥如此，江滨柳如此，谁人都如此。

忘掉桃花源，珍惜眼前人。

情欲是条蜿蜒的青蛇

题记：情欲这东西，
极难把握分寸，少一分清汤寡水，
多一寸色欲熏心。唯有拿捏得道，
才是恰到好处的极致艺术。

/ 1 /　情不知所起

看《青蛇》，须在二十多岁的年纪。否则便看不懂情欲，看不透虚妄，看不完痴迷。

我最先看的是电影版《青蛇》，张曼玉、王祖贤演的。当时不过十来岁，还未到通晓人性的年纪，所以影片带给我的最初感受不过是一场重拍的传奇而已。

而对于这部传奇，我在几岁的时候便已接受了赵雅芝版的《新白娘子传奇》，那种歌颂爱情人畜无害的爱情价值观。

所谓素贞、许仙，早已定型为爱情佳话。

至于这世间之于情起的重要因素——情欲和色相，则是懵懂时期看不到的东西了。

所以当还未尝食恋爱之果的女娃娃第一次看电影版的《青蛇》，简直被里面大尺度的镜头震惊了：

天呐，我素贞不是娴静温柔端庄优雅的白娘子吗？

我小青不是规规矩矩忠心不二的贴身丫鬟吗？

我许仙不是专情体贴从一而终的丈夫楷模吗？

还有法海，不是个胡子花白成天赶蛇的老爷爷吗？（忽然不明觉厉地哼起了“赶蛇老爷爷胡子白花花，唱呀唱着家乡戏还会说笑话”……呃……）

然而在《青蛇》中，一切都被颠覆。这里面，有雪白胴体的女色，有淫声不绝的男欢女爱，更甚的是小青居然勾引许仙并且乱伦……哦，原谅我当时太年轻，觉得整个世界都不好了。

所以《青蛇》给我的第一印象是：一部尺度很大的电影。

/ 2 / 眼为情种，心为欲苗

直到最近，找出《青蛇》的原著小说来看，一口气看完，整个人都惊呆了，完全回不过神来。

我看书十分慢，尤其是看到好书，所以这本并不是很长的中篇小说，我看了几乎一下午。然后在那接下来的几天里，满脑子都是书中人物的故事。

书是以青蛇为第一人称来写的，类似“故事新编”，出自作家李碧华之手。

青蛇天真直率，俏皮可爱，爱使小性子，一开始不及白蛇开窍。所以在姐姐奔赴爱情的时候，她出于不理解以及好奇，也加入了这场注定打不了胜仗的兵荒马乱。

素贞呢，还是那条为爱倒追爱情至上的白蛇，为了俘获她第一眼便看上的许仙，主动投怀送抱共度春宵，要命的是，这一幕还被出于好奇的青蛇盘在房梁上目睹了全过程。

于是青蛇似乎明白了“男人有什么好”——“那是叫人软弱无能，万念俱灰的快乐。”

她想起这个此生第一个唤她名字的男人，她名义上的姐夫，于是向素贞提了个天真的要求：

“一场姊妹，把他让给我一天好不好？”

没想到竟被素贞当作了低能儿。

青蛇有句话说得对：谁敢说，一见钟情，与色相无关？你素贞之所以看中许仙，难道不是因为他美少年的容貌？

真是应了那句，情不知所起，色由相生。一切皆是情欲。

这可要命了。

当青蛇明白了爱情大概不过是一场色相勾结的情欲时，她发挥了她作为妖的优势，极尽妩媚地勾引许仙。

别忘了，纵使我们修炼成了人的皮相，骨子里我们还是妖。人有人形，妖有妖性。妖是什么？凡事皆随性而为，无人教导礼义廉耻。

我从不懂什么从一而终的狗屁爱情论，我只要尝食，爱情最初的滋味——情欲，就好。这就是青蛇的爱情观。

到后来，她勾引法海，而法海竟因此动了欲，恼羞成怒差点杀了青蛇。故事的最后，不知是私心还是大义，法海还放了青蛇一条生路。

/ 3 /　谁先爱上谁，谁便先输了一仗

当许仙同时拥有青白二蛇的时候，他变了，从一个穷酸落魄的书生，成了一个精明可怕的男人。

正如书中所言：男人不能提携。

白蛇的败，在于她先动情。

青蛇勾引许仙的时候说：你是她拣的，我是你拣的。这句话真要命，青蛇白蛇，究竟谁对许仙动情最深，只这一句，我已身陷囹圄。

先说白蛇吧。在这样的因缘里，谁先爱上谁，谁便先输了一仗。只是白蛇一开始并不懂。

许仙是世间所有男人中的一个，他并不特殊，除了长相俊美，生性多情，他们有的通病他都有。

所以即使在拥有了白蛇之后，他还是贪恋青蛇，摇摆不定，直至后来他打定主意，咬定了青白二蛇离不开他。

可是他高估了自己。青蛇在识破了他的真面目后，对他的情愫转为恨。她恨他抛妻弃子，毫无责任感。恨他不忠不诚，自己瞎了眼。

或许，谁先动情都没有用，背叛，本就是男人的天性。对于生命中的女人，他们是不会嫌多的。

/ 4 /　凡事有所起，便有所止

小说的大部分虽然都在讲情与情欲，但究其本义，理应是教人懂得克制。一切的欲，虽是人之常情，但要克制，否则所有的功德与修行都将毁于一旦。

青蛇与白蛇的姐妹之情险些毁掉。许仙因此丧命。法海差点坏了修行。

凡事有所起，便有所止。纵欲皆不寿，克制得偕老。一生数十载，哪种活法，你自己选了算。

同一本书，同一部戏，不同的年龄来看，看到的东西都是不同的。这就是，所谓同，又所谓不同也。

譬如白蛇传说。

二十岁前看神话，看爱情；二十岁后看情欲，晓人性。不知而立之年、不惑之年之后，看到的会是什么。

我且期待着。

海棠花开：
人间真是个好地方

这部动画要上映的前一天晚上，我激动得睡不着觉，一大堆意象符号盘踞在我的脑海里。

《庄子·逍遥游》，预告片里精美的画面，泛着文艺之光的台词，12 年的等待……

一切的一切，都像是有一种魔性，吸引着我。

我找来所有的视频资料，看了预告，看了主创采访，看了主题曲插曲 MV，大概了解了故事的轮廓。

我没有想到，整个轮廓，就是整个故事了。

观影那天由于堵车，我迟到了，但坐下来盯着屏幕的那一刻，我丝毫没有疑惑。在接下来的一个多小时的观影中，所有的剧情都如同预告片的伸长版，我默默地看着，等待朋友提醒我的

“一定要看到最后，有彩蛋”。

非常庆幸的是，坐在我旁边的是一个不满十岁的小男孩，跟着他妈妈一起来的。多年的观影习惯令我总结出一条不伦不类的经验：看动画，一定要和小朋友在一起。

因为，动画的初衷，就是孩子的心灵和视角。说白了，一部动画好不好看，你说了不算，孩子才有最大的话语权。

想想至今仍脍炙人口的动画，哪个不是我们孩童时期就攒起来的好评？

回到《大鱼海棠》。当男主化成鱼之后，女主揪心着要给他取什么名字的时候，我旁边的小男孩开始兴奋地“剧透”了。

“海棠！名字叫海棠！”他激动地说。还喊了不止一遍。

而当湫背出那句“北冥有鱼，其名为鲲”的时候，小男孩虽然跟着一起背了出来，但很明显，我从他的语气里听到了失落。

不能怪他，依照几乎所有动画片的套路，题名应该就是主人公的名字了。《哆啦 A 梦》就是哆啦 A 梦，《加菲猫》就是加菲，《白雪公主》就是白雪公主，《千与千寻》就是千寻……《大鱼海棠》为什么不是海棠？

而且不光是大鱼不叫海棠，女主也不叫海棠，没有人叫海棠，影片也没有交代海棠的特殊含义。只说女主掌管海棠花的生长。那为什么不是杜鹃花，不是牡丹花？我没有得到答案。或许只是为了迎合十二年前的那部雏形《大·海》。

说起这个十二年，本来是主创们拿来做宣传的一大法宝，不想却成为网友诟病的一大诱因。

十二年不负等待，而实际上，这部影片并没有制作十二年，这已经是众所周知的了。

或许正是应了那句：希望越大，失望越大。让观众抱了太大的期望，结果出来的影片只要有瑕疵，负面情绪就会被放大。

这部片子最大的不足，当属剧情。

首先是主线问题。画面的精美导致主创们忽略了剧情的重要性。不可否认，《大鱼海棠》的画面确实很美，中国风也很浓，但剧情真的不太好，常常有令人莫名其妙的感觉。

男主变成了鱼，他到底爱不爱女主？不知道。我曾在微博上问过这个问题，一个粉丝回答我说，不爱，充其量只是宠物对主人的情感。一句话，我竟无言以对。

女主的爷爷本是德高望重的神灵，按理说在族人面临灾难的时候应当设身处地地为族人想办法，但他只是燃烧了自己去救那条大鱼。

更荒谬的是凤凰奶奶，这位有着无限灵力并且在影片高潮部分才出场的人物，理应大展宏图使出绝杀技能才对。结果，凤凰奶奶竟然只是为了给女主当坐骑才出现的。整个村庄都要毁灭了，海水倒灌，生灵涂炭，还有落水的村民，你不去救他们，而去当坐骑，这又绕进“一切围绕主角转”的死胡同了。

还有，鼠婆说的那句“人间是个好地方”，成了我对这部片子最大的印象。在这部片子里，似乎人间比他们的部落更好。可他们是神隐啊，掌管人间万物啊，而且又能结婚又能生子的，实在想不出人间比他们有什么好的。如果说只是鼠婆想去，也就无可厚非了，因为她想重见光明。可是重见光明后即刻变成大胸长腿的少女是什么意思？我没看懂。

其次，男主被“拟物化”了。在影片开始二十分钟后就变成了一条类似出生婴儿一般的鱼，除了游来游去和哀怨的眼神，观众完全无法捕捉到他的心理。这就要命了，好好的一段恋情，变成了一个养宠故事，看得大家莫名其妙。

再次，男二的呼吁声水涨船高。为什么男二号被大家过度地放大了呢？因为剧中大量的戏剧动作都是由男二来完成的，他留给观众无比深刻的感受。但我觉得以“备胎”二字来戏称他，欠妥。同样欠妥的还有网上铺天盖地对女主“婊”“绿茶”等称呼。

说实话，被这样恶毒的字眼来形容，《大鱼海棠》是很冤的。一部影片尤其是动画，似乎还没有这种如此强烈的对主角的指责，甚至有人还取了一系列不堪的名字。我看到一个评论觉得很有道理：

那依你们的意思，《泰坦尼克号》就应该更名为《姘头不得好死》了吗？

影片看到后面，周深的那首《大鱼》旋律响起，我旁边的小男孩竟然跟着唱了起来，这令我觉得十分有趣。不过会唱并不稀奇，因为这首歌很早就已经发布了，我都听过很多遍了，但如今看完影片之后再听，更有感觉。这也是这部影片的一大好评了吧。

曾看到这样一个说法，说动漫编剧和普通电影编剧不一样，他们是可以为了画面而牺牲剧情的。所以就不难理解为什么《大鱼海棠》只剩下精美的画面了。

但也不至于被喷成那样，毕竟国漫还在尝试阶段，拿它去和已然成型的经典作比较难免欠妥。

这部片子确实褒贬不一，但每当有人问我值得一看吗，我还是会回答，值得。抛开那些问题，这部影片还是会有令人感动的地方，会有令你惊叹的画面。

况且，只有看了，才有资格去评价，不是吗？

最后，想再说一句：人间确实是个好地方，可以自由恋爱，自由结婚，自由养宠。

为活在人间而幸甚至哉。

我的归宿，
是我自己

看《我的前半生》，不喜罗子君遇到了贺涵，不悲情爱这东西经久必衰，唯对中年子君惨遭婚姻变故的后半生有一丝放心。放心什么呢？嗯，放心她作为一个找回了自己的女人，头脑清晰地顿悟了自己的人生归宿。

我们在女子即将出嫁的时候总会衷心地道出一声祝福：祝贺你，终于找到了归宿。

在少年郎结束颠沛流离、漂泊无依的日子时，也会送出一句祝福：谢天谢地，你终于有了归宿。

归宿是什么？

大概是有一个合法伴侣从此不再孤单，是有一套合法住宅从此不再风餐露宿。

可我们大概忘了，最善变不过人间，最凄凉不过人心。爱情久了会腻，婚姻久了会乏，房子有 70 年产权，食物有保鲜期，天底下没有任何一样东西是可以伴随自己永远，如果有，那一定是，我自己。

和不同的人接触，必然有不同的话题。年轻姑娘永远绕不开爱情，昨天前任今天现任明天失恋，受困于情，迷乱于心。要么因为情人的一句甜言蜜语乐呵得全世界都是晴天，要么争吵、分手之后阴郁不堪，一张脸就是心情的晴雨表，何时下雨，何时出太阳，一目了然。这样的姑娘，总让人觉得她的世界，只有爱情。

结了婚的女子，无论什么时候聊天，提到的总是婚后生活，厨房秘籍，美容攻略，昨天学会了莲子羹的做法，今天做了个新式的发型，絮絮叨叨乐此不疲。

有些人张口闭口永远是家里的鸡毛蒜皮，孩子又淘气了，又哭了，又笑了，若不是亲人之间必要的分享，那么作为旁人而言，会觉得，孩子就是这女人的全部世界。

从一位律师朋友那里得知，现代婚姻的破裂，率先放弃的那一方，男性居多。也就是说，提出离婚的，大多数是男人。这些男人在诉说离婚原因的时候，往往都会摆出一副无比疲惫的表情，继而会说：我觉得婚姻无比乏味。又或者是，我不爱这个女人了。

仔细想想，这两个原因其实是互相关联的。对一个人疲乏，往往是爱情褪去的表现。同样，只有不爱那个人，才会觉得和她在一起，做什么都是无趣的。

就好像现在人们经常喊的那句口号：要和有趣的人在一起！

那么反之就是，快点离开那个无趣的人吧！

罗子君在央求丈夫不要离婚的时候，却得到了这样一句话：

我爱她，无可救药地爱她。

罗子君泪如泉涌：你当初追我的时候，也是这么说的。

听起来很悲凉，实际上很讽刺。一个男人，爱不同的女人，原因竟然是一样的：因为无可救药地爱她。所以，当他厌倦的第一个，他会无比决绝而残忍地说出同一句话来，丝毫不念旧情，不遗余情。

不看僧面看佛面，而对于一个已经不爱自己的男人来说，即使当年山盟海誓对天施咒，此刻也会不怕天打雷劈地赶来和你分手，一点情面也不讲。

年少时我会认为，男人都善变，在这善变的人世间。

如今我会觉得，不是男人善变，是人心善变，情爱善变，你和我所眼以为见的一切都是如此善变。

越是成熟的人，越不轻易说永远。永远是青春萌动时的想法，幼稚而虚幻。这世界没有任何“长期”的东西，只有此刻你正吸进鼻腔的那一口空气，才是你得以续命存活的一点药剂。

没有什么比稀薄的空气更稀薄的了。

爱一个人久了，丧失自我地爱，他真的会怕，会厌。世界上没有任何一个男人会贪得无厌，既想要你死心塌地的爱恋，又要你全部心思都放在他身上，不思考，不学习，不进步。

我一直不主张女人的世界里只有家庭，只有自己的男人和孩子。大千世界，芊芊繁华，为何要在“男人”这么单一的事情上花光了自己的所有呢？

几年前因为做项目，结识了对方的女老总，干练、大方、专业而有气场。每次开会，她所说出来的话，她的见解，她的阅历，恐怕连同龄男人都没有她涉猎得广泛。这些男人常常被她问住，半天接不出话来。

这位女老总年纪也就三十岁出头的样子，我以为这样的女强人，一定是个单身吧，像安迪那样的女人一样，独善其身，不善经营情感和家庭，而且听她的阅历，总觉得她应该也抽不出时间来谈恋爱，经营家庭。

后面得知，原来她早已结婚，有一个疼她爱她的好老公，还有两个机灵懂事的孩子，小儿子还不到半岁，她刚坐完月子就回到公司了，看起来精力充沛，神采奕奕。

再后来，加了她的微信，才知道她是一个多么懂得生活的女人。她会不定期地出国旅行，和老公、孩子。会去听课，充电，做一大堆笔记。也会带孩子去参加夏令营，亲子游，不亦乐乎。

她的生活，极为丰富，有事业，有家庭，有爱人，有孩子，有兴趣，有爱好，有旅行。但仔细看看，却没有一样足以成为她的全部。生活被她一分为多，各自消耗，乐得其所。

这是我欣赏的女人的生活方式，没有一样可以捆绑住她，她拥有得多，却拿捏得当。她的生活丰盈，却自由自在。

这样的女人，无论她所拥有的那些项里暂时缺了哪一个，都不足以击垮她。而且这样的女人，走到哪里都是发光的，吸引人的。恐怕没有哪个男人愿意放弃这样一个女人吧。

变好之后的罗子君不仅令贺涵心动，也曾几度让前夫心起波澜。倒不是因为她换了发型，变了穿着，而是她终于明白，前半生轰然逝去，后半生脱胎换骨，而我的归宿，能且只能，是我自己。

当一个人将自己作为归宿，才会更加自如地游刃于人情世故，更大程度地获得幸福，同时也更加令身边的人感到幸福。

愈自爱，愈得爱。

看得穿看得透的女人，大多是不相信除了自己以外的任何东西。就更别说花言巧语信誓旦旦了。她们只愿相信自己，徒手挣来的江山，只有这样的江山，才不会被别人攻破，山河常在，历久弥新。

不困于情，不乱于心，不念过往，不畏将来。如此甚好。

寂寞江湖里的执拗英雄

/ 1 /

多年前看李安的《卧虎藏龙》，明白了“人心即是江湖”。多年后，看到欧阳乾的《借我执拗如少年》，懂得江湖是寂寞的。

何谓寂寞？寂寞就是当你和周遭所有人都走的不是一条道，一回头，青灯孤影，茕茕孑立。寂寞就是你被全世界否定，兵戎相向，也要奋起抵抗。寂寞就是在他人眼里是个异类像个傻X，也依然不灭心中的念想。

在欧阳乾的这本书里，我看到了这十五个寂寞行走在江湖的人。他们不受世俗待见，甚至行得踟蹰艰辛，遍体鳞伤，但他们依然高昂着头颅，执拗地前行着，像个义无反顾的少年。

我猜想，这，大概是欧阳乾给这本书命名的意思吧。这天地间，除了少年有这股勇气去追寻心中认定的事情，谁还有这般胆识？能说他们叛逆吗？不，他们是勇敢呀！

每一个勇于追逐梦想的人，都是少年。

/ 2 /

这本书里，我尤喜欢《一个人的门派》，当整个门派只剩一个人的时候，换做你，你会坚持下去吗？“棍子”（小说主人公）能。

当被问及自己的门派时，他说：“佛汉拳，北方小拳种，一代三五人，到了我这一代，就只有我一个人了。”

他说，“我就是一个门派的全部希望。”

为了坚守并发扬自己的门派，他几近过着苦行僧般的生活，也要留下来，存活下来。因为他如果挂了，这个门派也就不存在了。

仔细一想，我们的身边又何尝不是有着这样一帮人呢？前两天我看到一则报道，一所著名大学，古生物专业的毕业典礼，只有一个人的毕业照。还有那些守林人、灯塔守卫者、南极站驻守着……

他们，都是一个人的门派。值得尊敬。

/ 3 /

还有一个故事，讲一个跳钢管舞的男人，从小热爱跳舞，却在那个落后的年代封闭的小城里被认为“有毛病”，在那里，男人就应该刚健有力，而不应该舞腰弄肢，跳着不受好评的舞蹈。在那里，一个男人要是跳舞，会上升到性别歧视。

二十多年的偏见和歧视并未改变他的初衷，他练就了一种竞技类的舞蹈本领，也就是钢管舞，在钢管上，一样可以刚健有力，一样可以一展男儿雄风。

有多少当时不被认可的东西，历经时代的巨轮之后，成为人们追崇和景仰的典范。

自古朝代更迭绵延，谁能料想当年燕瘦环肥，不过是不同朝代的审美标准呢！

既能为心中的梦想激流勇进，又能为漫长的道路耐住寂寞，更能为全世界的鄙夷恪守初心，才是执拗的英雄。

套用欧阳乾一贯的语言风格，此处应当是：我就问一句，你敢吗？！

/ 4 /

欧阳乾是我非常喜欢的作家之一，他的风格比较特殊，我想，这与他的个人经历也有关。他除了写作，还是个拳手，这对于他而言，又增添了许多个人魅力。一个作家必须拥有另外一种特性，这样的作家，写出来的作品，才不会死气沉沉，而是乐趣横生。

而欧阳乾给我的感觉就是，这是一挺凶猛的作家，因为他会打拳。如此一来，读罢他的江湖小说，又觉江湖除了寂寞之外，还是凶猛的。

芈姝与秦王：
婚姻中的感情是如何一步步消亡的

最初不相识，最终不相认。这句话可谓是芈姝与秦王婚姻的总结。

许多人认为他们两个是政治联姻，其实不然。事实上，他们两个并非是没有感情的，只是随着一系列事情的发生慢慢地消亡了。

/ 1 / 乍见之欢不如略微矜持

彼时是战国时期，儒家思想还未成为主流思想，“男女授受不亲”这句话还没有出现。所以我们看到剧中的少男少女们可以一起玩耍，并不忌讳。所以，才有了芈月和子歇“郎骑竹马来，绕床弄青梅”的两小无猜情。

但思想归思想，人的劣根性大体是相同的。这世界上的男人都有同一个劣根：容易到手的，不珍惜。

芈姝很不好意思地撞上了这个劣根，没有一点点防备，也没有一丝顾虑。

首先，秦王与芈姝最初的相遇情景还是非常好的。在楚国的闹市中，秦王英雄救美，芈姝芳心暗许。如果说当初是秦王的高智商致使他仅因为芈月喊了一句“姝姐姐”，就大胆断定眼前这位女子就是楚国嫡公主芈姝，是政治思维，但不可否认秦王对芈姝初见时也是好感颇丰。我们暂且不去讨论，他到底先看上的是芈月还是芈姝。

抛开政治思维，如果他们俩能就此发展下去，想必也是极好的一桩姻缘。可是中间的一些事情，令秦王的心思多多少少发生了一些变化。

这就要怪姝公主不够矜持了。堂堂大楚国的嫡公主，相见一次之后就春心荡漾，先是让妹妹芈月给秦王送去了定情手帕，之后又偷溜出宫去，当晚就和秦王睡了。

看到那一集的时候，我的内心是崩溃的。姝公主啊姝公主，你妈威后教你的礼义廉耻都去哪儿了？

我想当时秦王的内心独白应该是这样的——嫡公主主动投怀送抱，而且木已成舟，这个女人已经被我牢牢攥在手里了，所以无论我怎样待她，她都对我死心塌地了。

此为秦王内心第一次变化，但都不是实质上的，无伤大雅。他们照样可以愉快地做夫妻，郎情妾意。

/ 2 / “娘家”不宜常挂嘴边

秦王娶芈姝的时候还是很喜欢她的，眼神和无微不至的关怀骗不了人。

秦王第一次对芈姝动怒，是在芈姝怀孕几个月的时候。照理说不应该啊，怀上了嫡子，秦王当是喜不胜收才对啊，怎么舍得对怀有身孕的王后动怒呢？怪就怪在芈姝太向着娘家——母国楚国。

秦王正在大殿上和忠臣分享打下楚国汉中八百里的捷报，那叫一个欢喜啊！可不是，张子受秦王所托前往楚国，用计谋使得草包楚王和齐国由交好变为反目，秦王大喜，这可是为秦国立下了多大的功呀！而后楚王发现自己被骗，怒起派兵打到咸阳，却因草率出兵伤亡惨重，最终还失了汉中八百里宝地。

所以，楚国被削弱了，秦国变强大了。所以，满朝文武与秦王，欢庆得不得了。哪知这时候，芈姝出现了，她闯进大殿，一哭二闹三跪地，一口一个“大王，把汉中八百里还给楚国王兄吧”“大王，不要这样对楚国”，甚至还仪态尽失地在朝堂上指着张仪的鼻子骂他是奸诈小人。于是秦王怒了，我猜他的内心独白是这样的——

芈姝，你给寡人搞清楚你的身份，你到底是秦国王后还是楚国公主？你既然已经嫁到我大秦为后，就应当凡事站在我大秦的基础上去思考，而不是你的娘家楚国！寡人千秋霸业，岂是你一个妇人能懂的？还有那张仪，那是寡人的爱卿，你却骂他是小人，真是没有办法愉快地做夫妻了，就这样吧，你禁足吧，别出门了！

于是，芈姝被秦王禁足在椒房殿直到娃出生。

其实芈姝替母国求情也是情理之中的事，秦王何以如此动怒呢？后来仔细一想，哦，还有个嬴夫人呢。

嬴夫人是秦王的亲姐姐，当年作为和亲公主嫁到魏国，却心心念着母国秦国，常常给秦国通风报信，使得秦国慢慢强大起来，而魏夫人也因此在魏国受尽苦头，最终被魏国遗弃遣送了回来。

秦王对自己的亲姐姐自然是感恩戴德的，但他不得不以此为鉴，万一芈姝哪天也这样子，那秦国这么多年的心血岂不是白白葬送了？

所以秦王那叫一个怒啊，你都嫁给我了，还帮你的娘家是几个意思？这也告诉了我们，在家庭矛盾的处理中，男人永远是希望妻子能够站在自己这一边的，而不是处处以娘家为出发点，和男人对着干。

在这里我想多说几句，婚姻关系中摆在第一位的是夫妻关系，配偶的位置要放在子女、兄弟甚至是父母的前面，只有配偶才是和你共度一生的人。过度偏向其他的亲人，是会引发不必要的家庭战争的，最终受伤害最大的还是夫妻关系。

所以，如果芈姝能够意识到这一点，做好她的秦国王后，也不会引起秦王第一次对她失望和动怒。

/ 3 /　爱就一心一意莫等茶凉

这里不得不说说秦王了。

芈姝生了公子荡，坐月子期间是很需要夫君的关怀的，可是秦王那两三月只来探望了三次，其中有两次还是路过，试问，这滋味能好受吗？

秦王真有那么忙吗，不是，他只是和芈月你侬我侬去了。自打芈月侍寝之后，秦王就专宠她达数月，期间几乎没有临幸过其他后宫，任谁都是羡慕嫉妒恨了。况且芈姝那时处在产后特殊时期，心中自是积怨太深。

我至今都认为芈姝最终黑化是产后抑郁导致的。所以，在老婆生娃坐月子期间也是她最脆弱最低落的时候，男人切不可在这个时候出轨或者对其不闻不问不关心，那样是会令一个女人失望的，最终产生抑郁变成蛇蝎心肠也不是不可能的。

我想芈姝那时候绝望极了，老公和别的女人好上了不理自己了，而且小三竟然是自己的亲妹妹，更重要的是这个亲妹妹当时口口声声嚷嚷着“绝不侍寝”，这尼玛不是坑姐呢吗！？于是芈姝三观尽毁，走向黑化。

/ 4 / 功利之心人尽皆知

其实芈姝有一个很大的特点就是太急功近利，她想让儿子当太子，就在秦王面前各种明示暗投，向秦王明示吧秦王批评她，暗地里谋划吧又总是被搞砸，比如让公子荡在秦王面前展示新学的拳脚那件事。

芈姝费尽心机以在后花园修池塘为由，带着秦王和后宫各夫人一道，来到后花园，然后让秦王看见公子荡在草坡上点兵的假象，让秦王觉得嬴荡英勇善战，兵法过人。

哪知嬴荡岂是如此“争气”之人，因为木球掉进草坡的洞里捞不出来而发火大骂侍卫，令众人大跌眼镜，引来魏夫人等人的嘲笑，芈姝懊恼不已。

后来六七岁的公子稷，也就是芈月的儿子，想了一个高招，往洞里灌水，从而使得木球浮了起来。秦王大喜，直夸公子稷。芈姝这时不爽了，说稷儿这么小哪里知道这么多，肯定是大人教的。

哪知公子稷岂是如此“不争气”之人，张口就来：夫子说，水可载舟，亦可覆舟，所以亦可载球。

尼玛这么有才华的小小心机 boy，谁不喜欢啊！秦王乐得合不拢嘴，芈姝气得睡不着觉，头快疼死了。

芈姝的头疼完全是因为整日想着如何让嬴荡当上太子给折腾出来的，这番功利之心，不但令她患上头疾，更是令秦王对她越来越疏远。

毕竟，谁都不喜欢太过于功利的人，是吧。

/ 5 /　莫起害人之意

以上的事件会令秦王冷落疏远芈姝，但也不至于不相认。秦王并不是一个喜新厌旧、薄情寡义之人。

直到芈姝做了一系列令他心寒的事，最终导致秦王对芈姝死心。令男人死心，无非就是他发现你恶毒的一面。

芈姝害起人来那叫一个绝啊，连阴狠毒辣的魏夫人都自叹不如。芈姝为了能让嬴荡当上太子，手段用尽，到后面竟然对芈月的儿子、自己的亲侄子嬴稷起了杀人灭口之心。

她策划了一起“杀人蜂”事件，想制造杀人蜂蛰死公子稷的阴谋，却不料自己的孩儿嬴荡阴差阳错卷入其中，最后公子稷没事，嬴荡却险些送命，不知道这是不是叫作报应呢？

只可惜芈月念及往昔姐妹之情而没有去秦王那里告发芈姝，才使得秦王以为此事真是“天灾”而非“人祸”。

几年后，当秦王得知真相后大发雷霆，令人查封椒房殿，差点就要废后啦。结果呢，秦王因咳疾病入膏肓，很快就离世了。

弥留之际，秦王连芈姝的面都不见，好歹是正宫王后啊，竟然连一句话都不想和她说，在他的眼里，她已然成为一个和魏夫人一样甚至比魏夫人还歹毒的女人！

是啊，魏夫人有一点我很欣赏，就是她再怎么歹毒，都只针对外人，而对自己的亲人，维护得不得了，从未起过杀害亲人的念头。而芈姝呢，竟然要杀自己亲妹妹的儿子，目的竟然是让自己的孩儿当上太子，试问有哪个男人会喜欢这样的女人？

而秦王的态度也令芈姝心如死灰，她说秦王既然这样对他，她也不会再念旧情。而事实上，他们连旧情，都消磨干净了。

所以咯，秦王和芈姝的夫妻情分算是走到尽头啦，如果秦王没有离世那么快，接下来肯定就是废掉芈姝打入冷宫啦。

没有无缘无故的爱，也没有无缘无故的恨，若不是以上发生的这几件事，想必秦王和芈姝也不会走到感情消亡的那一刻。

夫妻情分修来不易，不要一点一点消耗其中的情谊，否则，感情被消耗殆尽之时，也是婚姻破裂之时，且行且珍惜吧！

件不太容易的事情。所以，对于一旦缔结的关系，诸如恋爱，诸如婚姻，诸如挚友，都是既兴奋又谦逊的事。

而我们选择的，无非都是那些看上去很好闻的人。与阅历无关，与皮相没有牵连，仅仅是一种感受。就仿佛我们对喜欢的食物那样，被它们散发出的气味所吸引。

简而言之便是，气味相投。

/ 2 /

前段时间我有些焦虑，是的，作为写作者的焦虑。写文快两年了，但似乎并未找到自己的风格。

我似乎很想突破，但又难寻突破之点，尤其是到了一月份，回到家，想起整整一年前也是这个样子，写着差不多的文章，那时候的阅读量比现在还高些。

一下子就心情郁结了。

在后台抒发了一通后，收到很多回复，有人说放心呐，我每天都看呢。有人说，因为你一直很少更新啊。还有人说，不要在意阅读量什么的，你写就好。

有一条回复我反反复复读了好几遍，觉得十分有趣，原封不动地复制出来：

关注后就好比选了一个和你脾气秉性情绪节奏都很匹配的人恋爱，在一起即使什么都不说也觉得舒适，加了关注不看文章也是这种感觉。

这一段话，令我无比宁静。

是啊，很多时候，我们选择和气味相投的人在一起，而大多数时间，我们都在各自忙着自己的事情。即使这样，在一起也不会觉得突兀与不适，这才是最好的关系。

/ 3 /

此时快过年了，生活还是一成不变，又或者说，已成为一种定性。我是独生女，父母的工作性质在过年期间更加繁忙，所以过年对于我而言，比平常似乎更冷清一些。

没有计算过，我们一家人已经有多少年没有在一起过过年了，很多时候，要么是大年三十妈妈值班，要么是大年初一爸爸下班。

所以春晚也很少看。

不看电视的时候就看书，反正心够静。

这几天，我在读村上春树的《没有色彩的多崎作和他的巡礼之年》，花了三天时间，读完了这本一二十万字的小长篇。

不得不说，读村上的书，一定要非常有耐心，就比如这本小说，到第137页的时候，我才读到了令人局促的紧张感和所谓的小高潮部分，才有了继续读下去的强烈欲望。

与东野圭吾庞大的逻辑构架不同，村上喜欢向内延展，剖露人物的内心世界。于是人们常说，看村上的小说其实是享受一种孤独的情绪。

而很多时候，小说读的就是一种情绪。

我喜欢这种情绪。一切内在的感受，均远超于外在诸如酒精、速度等带来的刺激。

这就是为什么世界上会有小说和写小说的人。前者带给人张弛的快感，后者抒发心中的郁结。

大抵如此。

回到这本书来，《没有色彩的多崎作和他的巡礼之年》，怎么说呢，这样好了，我先一言以蔽之：

用鸡毛蒜皮的事情引发一场宏大的长篇概论。而这件事究竟有没有意义，对你对我可能不重要，但对多崎作重要。它关乎生命，接近原罪。

小说的开头讲的就是五个气味相投的高中小伙伴（青、赤、作、白、黑，三男两女），组成了一个和谐的团体。直到某一天，团体中的多崎作忽然被大家抛弃，断交。

这件事情一度令他绝望，甚至想要自杀，他不明就里地被困扰了近二十年，直到三十六岁那年，在女友的劝说下，才决定开展一场“巡礼之年”，挨个儿找他们四个人问明缘由。

这就是整个故事的架构，很简单，工于细节，如果你有比较好的耐心，倒不妨读一读，感受感受孤独。

这本小说有着太多太多的隐喻，也有着很多关于人与人之间深层次关系的描写。

读完会发现，所有选择在一起成为朋友或者恋人的人，都对彼此有着浓烈的兴趣，这大概也是村上春树的观点一男女之间根本不可能存在纯友谊；所有看似风平浪静的友谊都是竭力克制而已。

当然，还有更多的隐喻，比如色彩其实就是人的灵魂，人类失去了活下去的动力，就失去了色彩，即使容颜依旧，也不再美丽，空余一副皮囊，游走于人生边缘。

还比如这样一个角色一灰田。他是多崎作在大学时期的校友，我读完全篇后一直耿耿于怀的一个存在。因为作者并没有介绍他存在的意义和结局。

上网搜了一下，看到这么一段解释的话，才想通。

灰是白与黑的过渡色。灰田是接受者，多崎作是感知者。灰田引导多崎作心中的阴暗面，将其带走了，所以多崎作真正振作起来是灰田离开之后。灰田将多崎作身上的原罪带走了，那些曾经被同伴宣判的原罪。

那么我大胆猜测，小说里关于灰田与多崎作的同性描写应该不是梦境，是真实。

而我真正喜欢的，是多崎作和沙罗贯穿小说始末的联系。沙罗是个知性的女人，每个男人这一生最需要的女人大概都是沙罗这个样子的。我指的是共度余生的女人。

然而他们最终有没有在一起，没有交代，但我想无论结果如何，多崎作都会勇敢地活下去，不会失色死去。因为他找回了灵魂。

愿我们都恪守属于我们自己的独特色彩和气味，并与之共度一生。

第三章　来啊，爱情啊

相遇一次已经很不容易了，

更何况相爱一场。

是啊，
你可能谈了场假恋爱

人有好坏之分，

恋爱也有真假之别。

有些人虽不是单身狗，

却养了个假男朋友（假女友）。

/ 1 /

芒果小姐是高调的恋爱主义者，主张恋爱了就要大声说出来。她的朋友圈里，满屏都是浓浓的恋爱气息，连一句晚安都说得无比甜蜜。

直到有一天，她忽然在深夜发了条奇怪的朋友圈。

全世界只有我一个人是傻逼。

我一向晚睡，所以刚好看到了这条状态，不到两分钟，这个状态被删掉了。我看了看时间，凌晨一点半。

点开她的头像问她怎么了，大概是深夜里人们灵魂孤独，渴求慰藉，她一句一句地告诉我她的难受和委屈，字字灼心。

恋爱快一年，她和男朋友见面不超过五次。两人都在深圳，虽然不在一个区，但也是半小时车程以内的距离。

但男朋友似乎总有忙不完的事。

在开会呢，晚点打给你。——啪，掐断了她在下午六点打过去问他晚上要不要一起吃饭的电话。

在外面见客户呢，晚点和你说。——滴，拒绝了她在晚上九点打去的微信视频，十点再打去，显示对方无应答。

在加班呢，先这样啊。——嘟嘟嘟，留下一长串与周末午后格格不入的电话尾音。

这就是芒果小姐和她的男朋友日常。是的，一个不怎么接她电话不及时回她微信总在别处的男朋友。

在别处。这是芒果小姐对这段感情最深切的感受。

海欧，你说我是不是谈了个假男朋友啊！我这样和单身有什么分别？！

那你打算怎么办？我问。

坚持不下去了，太累了，比单身还累。她说，而且我难以想象一个二三十岁的男人一年只见女朋友五次，那么剩下的时间他要怎么解决生理方面的事情。

芒果小姐一语惊人。的确，这不符合人情。

我说，你可能谈了场假恋爱吧。不用强撑，索性断了这要死不活的假恋爱，丢了这踪迹难觅的假男朋友吧，就像丢掉幻肢一样。

/ 2 /

还有一位朋友，最近相当苦恼，对于他当下正在谈的一段感情。

他和女朋友在一起两年了，而且住在一起将近一年。这期间，他对她做过许多浪漫的事情，给她买过很多衣服、包包，但他的女友从未将这些公开在自己的社交圈子里。

换句话说，她从未将他公开过。

微博朋友圈不公布，也不说自己有男朋友这件事，每天都是一个人的自拍，一个人的喜怒哀乐。看她的朋友圈，就像看一个适龄单身女青年的生活一般。

此外，不参加他的朋友聚会，也不带他去自己的朋友聚会。平时在家接电话，也不让他发出声响。

两人都是奔三的年龄了，家里也一直在催，他有意无意提过几回关于结婚的计划，但无一例外地都被打断，她说，她现在还不想结婚。

至于原因，她说没有原因，就是不想。

其实，不发朋友圈不晒恩爱他都觉得没什么，他本身也不喜欢晒，但还有更要命的一点是，由于女友对这段感情的保密，导致身边的人都认为她是单身，追求者也接连不断。这严重打扰了他的生活，也从很大程度上践踏了他的忍耐。

要知道，男人的忍耐都是建筑在自尊之上的。而一旦这道防线被攻克，将城池尽毁，溃不成军。

终于，在一次女友洗澡的时候，他接起了她正在振铃的手机，是一位追求者打来的。他温和地告诉对方，自己是她的男朋友，并提醒对方以后不要再打扰自己的女友了。

结果女友和他吵得天翻地覆，说他窥探了她的隐私。

他忍无可忍：是不是我不说，你就可以永久地享受这种有固定男朋友也有鲜花追捧的假单身生活？是不是你对我不满意，还是对这段感情不在意，以至于要这样羞于启齿我们的恋爱？

最后，他提了分手，结束了这场虚伪的恋爱。女友一开始不同意，但他很执意，他对这份感情的所有期待和耐心都已用完。

这场恋爱很虚幻，很漂浮，一点儿也不真切，不符合长久的情感走势。假使最后我们结婚了，我也难以想象如果她连我们的婚姻都隐瞒的糟糕生活。

/ 3 /

圈子里有位做心理辅导的朋友，有一回大家一起吃饭，聊到兴头上，他说：

现在仅次于出轨的恋爱问题是什么，你们知道吗？

金钱？

相貌？

三观？

大家猜了好几个，但都被否决了。最后他说出了答案：

是质疑，质疑这段感情是否是爱情。比如，许多人痛斥谈了恋爱之后发现对方经常不出现，就像……

就像谈了场假恋爱！我开玩笑地说。

对对！就是这个意思！他笑。其实就是需要陪伴。人类对于陪伴的生理和心理需求，在某种程度上，比爱还要大得多。这就是为什么我们需要婚姻，说到底，就是找个伴，陪着过几十年，满足这种身心需求。

给你们讲几个例子。心理师朋友说。

我碰到过很多前来咨询的人，都是对爱情持怀疑态度。上回有个姑娘说，生病了男朋友都不陪她去医院，还在家打游戏，她陷入了爱情恐慌，觉得男朋友大概不爱她了。

我问她怎样才会感觉被爱，她想了想说，在我最需要的时候出现，在我最虚弱的时候照顾我，至少让我感觉我有个真实的男朋友！

还有一个女孩，对男朋友十分质疑，这导致她严重怀疑自己是不是他的正牌女友。她说有一回和男朋友逛街，碰到了男朋友的同学，正准备打招呼，男朋友居然抢先说道：这是我表妹……

/ 4 /

我们可以包容对方的缺点，甚至小情绪、坏脾气和不完美。可我们无法容忍和一个假人扮演情侣，谈一场心底恐慌的假恋爱。

而且，这种恋爱中的假姿态，也是对另一半的不尊重。喜欢单身就单着啊，又没有人强逼你一定要恋爱。既然爱了，就好好爱，别朝三暮四，拿些假惺惺的小把戏糊弄人。

到了最后，往往伤人伤己，得不偿失。

愿我们都不会遇到爱情里的假人，婚姻里的植物人。

你不爱我时，
我也那么闪耀

/ 1 /

作为一个已经在地球上诗意地栖居了二十多年的人类，我忽然意识到我这辈子见过的分手事件绝对多过于有情人终成眷属。

毕竟，修成正果真的是小概率事件，而分手却无时无刻不在地球上演。

陈奕迅有首歌不是这样唱的么：流浪几张双人床，换过几次信仰，才让戒指义无反顾的交换。

见过很多分手情景，劈腿的，不爱了，爱面包了，不合适了……无论是哪一种，大多是悲伤的，难过的。没见过谁分手还欢天喜地的，除非TA在这段感情中是不情愿的。而作为芸芸众生的绝大多数，我们都是带着不好的心情分手的。

/ 2 /

叶子是我的前同事，她和男朋友从高中相识，大学相恋，四年的感情，在本该走上幸福红毯的时候，男朋友经不住外面的诱惑，劈腿和她分手。理由是，他觉得两个人之间已经毫无优点可言，换句话说，他不再欣赏叶子了，叶子之前的发光点如今在他眼里已经统统黯淡，他说他找不到恋爱的感觉了。而那个姑娘实在太吸引他了，他觉得那才是爱情。

那一刻，叶子觉得自己的人生 down 到冰点。

叶子属于文艺型的姑娘，写得一手好文，弹得一手好琴，据说当年她男朋友是在观看了叶子钢琴独奏获得了校文艺汇演一等奖后，写情书开始追她的。接着，得知叶子还在各种刊物上发表文章，就用零花钱收集到刊登叶子文章的每一本杂志，也算是用心。只是这颗心，是用在闪闪发光的叶子身上的。

我爱那个闪耀的你，不爱后来平淡无奇的你。这大概也是很多人的共同点吧！我们往往容易被闪耀的人吸引，而闪耀的人却也有平凡之处，不可能处处发光。

他们分手后，叶子把她男朋友写给她的一封情书翻出来给我看，上面写着：你是我见过最亮的星星，闪耀在天空，照亮我的心情。

不得不说，如果不是抄的，这小子还是很会撩的。

叶子哭着问我：为什么，他曾经那么欣赏我，现在突然就变了？

我安慰她：不是你不优秀了，而是他不爱了。这个世界上很多男人，他们的爱情都是有期限的，不同的是这期限的长短，有的就短短数日，有的坚持几年，还有的看似漫不经心，却能一辈子。不是你不好，而是你遇到的男人不好。

/ 3 /

两年前我结识一位客户，是位年过三十的姐姐，谈吐得体，举止优雅，做起工作来非常职业干练，脸色挂着雍容的笑，走到哪里，都闪着光。

有一回我们一起喝咖啡，她问我可有男朋友，我说有呢，只是不在一个地方。

她说，那你可得小心了，要么去他那，要么把他弄过来，总之，两个人一定要早点在一起。

我笑着问她：姐你这么有经验，是不是从姐夫那里得来的？

她轻轻放下咖啡杯，对我说：我还单着呢。

我一愣。

原来，十年前，她谈了一个部队的男朋友，这一谈就是八年，人家用来抗战都结束了，他们却在第九个年头还未到来的时候说了分手。

没办法妥协，他不肯放下他的部队工作，而我适应不了部队的生活，两个人总不能一直这样异地吧，于是他向我提出了分手。姐姐缓缓地说。

我很惊讶：那你为何不挽留一下呢？

她笑了：挽留是没有用的，当一个男人说出分手这两个字，就代表他已经做好了所有的准备。没有男人是会轻易说分手的，除非他还是个孩子。

我说：那你一定很难受吧，八年的感情……

她说：是的，难受，非常难受，比失去什么都要难受，可是难受又不能起什么作用，日子还是要过的呀。我曾经以为，离开他以后我就什么也不是了，再也没有人夸我宠我，再也没有人惯着我任我发着小脾气也不生气，再也没有一个人在深夜里嘘寒问暖。我以为我从此就要过着暗无天日的生活了。

可是，她继续说道，我不能因为失去一份爱情就黯淡了自己啊！我开始报兴趣班学习插花，报 MBA 学习管理，结伴出游，让生活一点一点地亮起来，而且，比以前更亮。

我看着她明亮的双眼，打心底佩服：可不是嘛！

后来，我和我当时的男朋友也分手了，因为一些无法调和的矛盾。分手后我曾一度失控，不好好吃饭，不好好睡觉，甚至有一搭没一搭地上班，蓬头垢面，垂着眼袋，人不像人，鬼不像鬼，直到有一天我照到镜子，吓了一大跳！天呐，这还是我吗？

我深呼吸几口，坐下来，安静地化了妆，然后去美发店做了新的发型，换上新买的职业套装，像以前那样，奋力工作，奋力去活。后来，我升了职，加了薪，赢得一片掌声。那时我才发现，我头顶上的那圈光环，其实一直都在，这种光，并不会随着某些人的离开而消失。

/ 4 /

我把这件事告诉了叶子，她擦掉眼泪，收拾好自己的心情。

我知道，叶子是不会就此低头的。果然，没多久，叶子的钢琴参赛曲目获得了市级奖项，我在电视机前看她站在舞台中央发表获奖感言，就像看一个明星，那般闪耀。

而没过多久，她写的长篇小说也谈好了出版，首印两万册，还没开印就收到了无数订单和粉丝。

她的前男朋友看到她的这些光环，又被吸引，跑回来找她，信誓旦旦。她冷冷地回绝：我不可能和你再在一起。

事后，我们一起逛街，她告诉我，失恋后找回自己的感觉真是棒极了。

我说，有没有感觉到头顶上有个光环，一直跟着你，走到哪里都是。

叶子点头，说，而且很享受这种近乎涅槃的感觉。

我曾经以为得到他的否定宣判，就意味着我的人生完蛋了，再也没有人爱我了，而失去爱情的女人，想想就窒息。而最可怕的是，由于他的否定，我对自己也变得怀疑起来，怀疑自己真像他所说的那样，没有优点，一无是处。现在我才知道，原来，“你优秀”，可以是一个人爱上你的理由，同样，“你不优秀”，也可以是一个人离开你的借口。真的没什么介怀的，因为感情这件事，和优秀与否是无关的。

这是叶子告诉我的，我深以为然。

我想，此后，无论我们是否还会经历分手的爱情，遇见背叛我们的爱人，我们都不会元气大伤，不会失去自我，我们会让那光芒，一直跟随我们，天南地北，永不消亡。

/ 5 /

张爱玲遇见胡兰成，写出“遇见你我变得很低很低，一直低到尘埃里去，但我的心是欢喜的，并且在那里开出一朵花来”。这样一种近乎卑微的爱，却并没有得到胡兰成的“执子之手，与子偕老”，他们最终还是以分离告终。

所以说，爱，来不得半点卑微，不爱了，也同样要抬起高傲的头。因为，一低头，皇冠就落了，你头顶上的光环也就消失了。

我们都是相互独立的个体，离开谁都能很好地活下去，我欣赏那种分手之后依然保持自我、依然高傲的人。

曾经看到过一句话是这么说的：我爱你时你才那么闪耀，我不爱你，你什么都不是。

而我想说，你爱我时，我很闪耀，你不爱我时，我也那么闪耀。我的光芒源自我自己，与你爱不爱我，无关。

嗨，
我的坏脾气小妞

题记：除非你很爱一个男人，否则每个男人都是难以忍受的。

这个故事是我听来的，很美，就像自己做过的一场梦，于是就用第一人称写了下来。

一日天朗气清，惠风和畅，我吹着口哨，迈着小碎步，走在深圳青翠的绿道上。

突然接到男朋友的电话，说你打扮得漂亮一点，过来市民中心广场一趟，我在等你。

放下电话，我立马想到不久前在市民中心广场举办的一场飞艇求婚，男猪脚驾（yao）驶（kong）着一架小飞艇，上面写着女主人公的名字高呼嫁给我吧！

我在一旁感动得稀里哗啦的，抹完眼泪，顺手扯了扯男票的衣角，说女猪脚好幸福有木有。

男票一边吃臭豆腐，一边嫌弃地避开我说，别把鼻涕擦到我身上，你是个女孩子，要懂得自重。

我直接一掌拍翻了他的臭豆腐，看着他的头发、脸、胡子，全都变成了臭豆腐。

我拍拍手，心满意足地离开。

身后响起一声吼叫：姓朱的你他丫的给我回来！不回来我们分手！

靠！大庭广众之下那边在求婚，这边在叫分手，这到底是什么世道，简直世风日下人心不古啊！

我就想问一句：是不是生活都是这样鸡飞狗跳大打出手的？

还是就我们是这样？

我就想不通了，年纪轻轻的，为什么就摊上鸡飞狗跳的爱情，过上鸡飞狗跳的生活了呢？

我一怒之下，连续两个小时没有理他以证明我的傲骨。

后来他终于把我哄开心了，其实也没啥，就是给我买了个奶油蛋糕，我就开心得不要不要的。

想到这里，我十分鄙视自己。

然后，我的思绪回到他的电话中来——

1. 打扮得漂亮一点。

2. 市民中心广场。

3. 我等你。

这几个关键词拼在一起简直不就是在大声诉说着一段誓言么：

我要求婚，你丫快滚过来！

想到这里，我以流星之步跑回家里，开始梳洗打扮，穿了身红艳艳的衣服，画了个红艳艳的妆。

当我再出门时，他电话又打过来了：

你是不是走错方向了怎么还没到！

我连忙柔声细语地说：

亲爱的，马上，马上哈……

挂掉电话，我想，现在一定要快点到，不然万一亲友团等得不耐烦散场了肿么办！

于是我打了辆专车，一辆红艳艳的宝马X6。

我上车系好安全带说：

师傅，您这车好啊，怎么舍得拿出来当出租呢？

师傅是个中年男子，听完我的话，慢悠悠地和我说起了他的婚姻生活。

师傅姓孙，我们姑且叫他孙哥吧。孙哥来深圳二十多年了，赶上了特区飞速发展的大好时机，开了家工厂，越做越大，现在已经有两千人的规模了。

我立马竖起大拇指：孙哥，牛逼！

孙哥笑了，说这还不是我这辈子最牛逼的事。

哦？我竖起耳朵开始听。

我这辈子最牛逼的是，娶了我老婆，她比我小十三岁，是个硕士，超级有文化，我对她又爱又敬。孙哥说这话的时候真像个孩子。

我说，没想到孙哥还是个这么爱老婆的人！真幸福！

孙哥说，你有所不知，我们有段时间，吵得跟什么似的，差点离了婚。

原来孙哥和他老婆结婚五六年后，他就迷上了股票，可是股市这东西哪有个定数啊！一下子牛一下子熊的，人在里面团团转，搞不清楚自己到底是牛是熊。

就这样，孙哥再当了几次牛后激动不已，投了一大堆资金进去，结果从此就当了熊。

孙哥老婆起初以为他只是玩玩，后来发现这架势不对，就劝阻他，彼时他们的儿子已经上小学了，老婆劝他不要迷恋故事，回到生活中来，不然一辈子都是狗熊了。

孙哥嘴上答应，但行动却不从，依旧在股市里浮沉。

前两年股市行情不好，孙哥的情绪也一直没好过，几次险些上了天台。心情不好，就和弟兄们成天打麻将不回家，这炒股还没戒掉，又染上了赌博的恶习。

老婆对孙哥很失望，天天和他吵，日子过得鸡飞狗跳的。

后来老婆怒到直接以离婚作为威胁，孙哥才打住，从股市里抽身出来。

我听完对他说：那段时间你没把家产败光吧？

孙哥笑笑说：哪里败得光，我开了两家工厂，都是实业，没那么多泡沫，不过我败了其中一家，现在只剩下一个工厂了，给我老婆在管理。

我说，你们那时候吵得那么凶，有没有伤到感情呢？

孙哥说，我之前以为，一个男人要想和心爱的女人在一起，就不能有令她难以忍受的臭毛病，否则日子会很糟糕。后来我改掉恶习后，我老婆跟我讲，说杜拉斯曾经说过，除非你很爱一个男人，否则每个男人都是难以忍受的。

我拍手附和：这句话我超级赞同，我男朋友也一堆的臭毛病，我烦死他了，却还是忍不住要和他在一起呢。然后，你老婆也看杜拉斯的书啊，这可是我好喜欢的一位作家呢！

孙哥笑得孩子似的：是啊，我老婆学问高，家里书房全是她的书。我是个粗人，但她不嫌弃，这是我八辈子修来的福气啊。

我说，真好。

孙哥说，不玩股票不打麻将的日子一开始过得发慌，不知道咋办，后来他朋友介绍他开专车试试，一来可以消磨时间，二来可以和不同的乘客聊天，放松心情。

孙哥一想，就试了，据说我是他接的第三位乘客。

我说，你朋友介绍的这个方法好，让你鸡飞狗跳的生活立马喊 cut 了！

下车后，我四处张望，我那杀千刀的男朋友正抱着好大一只狗熊站在一个“扔沙包，砸中啥得啥”的地摊旁，周围全是排队准备扔沙包的人，货架上有娃娃，有狗熊，有抱枕。

如果我没有猜错，这家伙怀里抱着的是“沙包摊”上最 big 的奖品。

这架势，完全没有求婚的样子。我的心跌入冰点。

我走过去，没好气地说，别告诉我这个地摊是你摆的。

他说，你咋这聪明呢？你看，我摆了一下午，挣了不少呢。

我说，抱着你的狗熊，立马狗带！

他说，别啊，我今天这么帅。来，你站到里面去，快！说着把我推了进去。然后，奇葩的事情发生了——

他拿那只超级 big 的狗熊砸向我，我措手不及，被砸得人仰马翻差点走光。

被砸得头晕目眩，挣扎着好不容易爬起来，这货忽然单膝跪到了我的面前，手里托着一只小盒子。

喂，亲爱的坏脾气小妞，嫁给我吧！虽然我也一身臭毛病，但这并不妨碍我们死缠烂打一辈子！

我捂着被砸痛的头说我不干。

他说，不行，游戏规则写得很清楚了，这个栅栏里面被砸中的东西都归投掷者所有！你被我砸中了，跑不掉了！

然后所有人都鼓起掌来，我捂着鼻子哭得稀里哗啦。我不是感动哭的，我是被砸哭的。

结婚以后，我会让着你的，不会再这样和你吵架啦！这是他给我的最好承诺。

眼睁睁地看着右手无名指被圈上那枚小玩意儿，我觉得我们鸡飞狗跳的日子并没有结束，而是终成眷属了。

原来，终结鸡飞狗跳恋爱的方法就是，嫁给他。至于是不是鸡飞狗跳的婚姻呢？就看，看缘分了……呃。

你好，
我的三观一致互补型恋人

想写写我和先生的故事。总结起来就是两个关键词：三观一致，互补型。

恋爱时不觉得这两点有多重要，结婚后才发现，这两点至关重要。

摊开来讲，大概是以下几点，且听我慢慢道来。

/ 1 / 和他在一起才是全世界

我们不是一见钟情型。或者可以这么说，认识几个月了我都没想过我会和他在一起。

就像陈柏霖在《我可能不会爱你》里面那样唱的：我想我应

该应该不会爱你……

所有的可能不会，原来都是骗人的。

他是金牛座，我是天秤座。

认识他之前我是个星座控，自诩对十一星座了如指掌，没错，是除了金牛座以外的十一星座……

我承认，在一开始，我不大喜欢金牛这个星座，我认为，这个星座的人既固执又刻板，还很傻缺（这里的金牛仅限金牛男哈），实在是没有什么优点值得我研究的。于是看到“金牛座”就主动 pass 掉。

可没想到，这辈子就栽在一头傻缺的金牛座手里了。

现在我最懂的星座可能就是金牛座，而且还发现金牛座是全宇宙最好的星座。可不是，十二星座好老公排行榜榜首就是他老人家了。

这真的是一头典型的金牛座啊，慢吞吞，爱财，固执，倔强，不懂浪漫。

先说第一个特质：慢。

他追了我半天，天天献殷勤，可就是不说他喜欢我。

不说是吧，那我说！

某天在外溜达的时候，我逮着他问：喂，你为什么对我这么好啊！

他快冒冷汗了：你难道不知道吗……

我：不知道，我愚钝。

他：哦，我以为你知道……

我：恕我直言，你是不是喜欢我？

就这样，他承认了，表白了。

过程是不是很乌龙。

他是我独自一人在深圳漂泊两年后遇见的“贵”人，珍贵的贵。没有遇见他之前，我一个人闯荡，生病了自己照顾自己，受委屈了默默流泪，低落了无处诉说。那时常常觉得世界是空荡荡的，不完整。

直到我们在一起。当我发现我的喜怒哀乐都有人一同分享，酸甜苦辣都有人一起品尝，我才发现，我的世界，完整了。

/ 2 /　三观一致，怎么相处都不累

和他在一起特别踏实，这真的是一头安全感极强的金牛，恰

好中和了我风向天秤飘忽不定的特性。

除了心里踏实，睡觉也很踏实。和他一起睡觉，几乎可以根治我的失眠。

我们是三观特别一致的人。在一起以来几乎没有什么观念上的冲突，而且特别喜欢和对方聊天。

是的，三观一致的恋人，最好的朋友大概都是另一半。只有和另一半在一起，才最放松，最惬意，也最得意。因为怎么相处都不会觉得累。

况且，有个无论怎么聊天都不会觉得累的爱人，大概是顶幸福的一件事吧。

想那康熙大帝，后宫佳丽三千，却独爱容妃。为何？答案竟然是，在容妃那里，康熙可以说很多很多的话，他们有着聊不完的天。

所以，很多时候，我都觉得我们是最好的朋友，而且除了平时聊天，最想一起吃饭、逛街、旅行、娱乐的人，都是他。

在一起，有着数不完的欢乐。

每天临睡前我们都会聊很多，聊各种事情，发表各自观点。

我都不知道我们为什么有那么多废话可以说。可能是，爱你就有说不完的废话吧。

而且，聊天也是双方沟通感情的重要途径。很多事情，你不说，我怎么知道你是怎么想的！所以在这一点上，我们都比较直接，不作。

/ 3 /　互相尊重，但不相敬如宾

相敬如宾，也是相敬如冰。这是最可怕的婚姻。所以我们一点儿也不。

那么我们是什么类型的恋人呢？我曾经问过他这个问题。

得到的答案是：互相尊重型。

还真是这样。我们两个没有直男癌和直女癌，任何事情都会和对方商量，如果出现某次想法不一致的时候，会折中直到达成一致为止。

而且，信任对方。我从来不会因为他加班、出差而胡乱猜测，他也不会因为我写爱情故事就认为我滥情。

这是最基本的信任。

/ 4 / 最好的感情是互补

我是急性子，并且容易情绪化。而他恰好是慢性子，且非常理智。

可以这么说，他是我这二十多年来认识的最理智的人。

有朋友开玩笑说，我的文艺病都让他给治好啦。

每次遇到事情，我都很急，他就很淡定，给我做分析，让我恢复平静。

所以我终于明白了老人们为什么说夫妻还是互补的好。试想一下，假如遇到事了，我们两个都是急性子，那不得把房顶给掀了啊。

我是独生女，不大会做家务，甚至连做菜都很菜鸟。所以厨房几乎是他的天下。

他不喜欢洗衣服，我喜欢，所以这些我非常乐意做。

他虽然承包了厨房，但还是手把手教我做菜。他说，不希望哪天他出差了，我每天在家吃泡面……

所以在他的“指导”下，我也差不多能在厨房游刃有余啦。

如果两个人都不做饭，那家里多没有味道啊！有家常菜的家，才够美味。

除此之外，我们连体型都是互补的。我偏瘦，他宽厚。试想，如果两个瘦子，那抱在一起多硌得慌啊。如果是两个胖纸，那么家里的床大概要买最结实的了……

/ 5 / 忙的时候，互不打扰

尽管我们的工作不一样，但忙起各自的工作来，都不会打扰对方。我们深知工作的重要性。

他工作繁忙，经常加班。我工作之余，喜欢写作。

我们在忙自己事情的时候，基本上是互不打扰的，并且十分理解对方。

“作为男人，我拼命工作无非是希望能够给你更好的生活。”这是他曾经对我说的，并一直在践行、慢慢在实现。

我呢，心有写作千千结，所以很多时候，他都承担了大部分的家务，为的是让我有更多精力去写作。

而对于他，无论他加班到多晚回来，家里始终都有热饭热菜。

在对方忙的时候，我们能做的，就是在一旁，为对方打点好一切，不让他分心，少让他操心。

/ 6 /　对别的异性都丧失了萌动

大概所有其他的男性，都不能满足我对另一半的幻想了吧。因为最好的另一半我已经拥有了。

他也是这样。有一次他和我妈也就是他丈母娘聊天，说他娶到我这样一个老婆，是非常幸福的。

当然，这不排除巴结丈母娘的嫌疑。

走在大街上，他看到美女还是会冲我使眼色，但到了下一个路口，他就记不清刚才看到的美女是长发还是短发了。

手机在家里是完全敞开式的。我可以用他的手机给父母发微信视频，他也可以用我的手机玩消消乐。因为在我们家里，手机根本就不分你我，相当于共有的。

/ 7 / 只想给他生猴子

这一点，就不用我细说了吧，你懂的，此处省略一万字……

相遇不易
相爱太难

我曾经写过一篇故事，名字是《没有前任可回头》。光看名字，就能猜出这大概是写什么的了。

我曾经一度不相信回头还有人会在原地等我。所有的“有缘再会”不过都是临别时一时冲动的借口，就好像对赛事选手败北时说的一句安慰话：没事，下次再战。

我们真有下次吗？有些事有，比如运动会，这次输掉，下次还能东山再起。可感情没有。人心是这世界最善变的东西，即使在一起都把握不住风吹草动的觊觎，更何况断了的弦，想要再续，却已是两头落满了灰尘。

分手的时候有多少人还指望着重新来过呢？年少无知的时候，指望过。指望那人可以回头，然后我们像得了失忆症一般重新开始，所有的恩怨都随着记忆一笔勾销。

这，就是年少的贪念。

后来看电影，《被偷走的那五年》，女主因为失忆，忘掉了和男主之间的五年相处时光。而就是这五年，是他们从热恋走向破裂的时期。可是女主不记得了，她的记忆还停留在五年前两人刚结婚度蜜月的情景。

所以当她穿着五年前的休闲衣服，不再冷漠，不再咄咄逼人，出现在男主面前时，告诉他，此刻自己一如五年前那样爱他时，男主也沦陷了。

所有的恩怨，就此一笔勾销。

人类办不到的事情，记忆可以做到。

从头再来究竟有多难？我没有切身体会。但我道听途说，也算是看懂了些。

有的人，分手后依旧纠缠不休，分分合合，最终还是无疾而终。

有的人，分手后幡然悔悟，原来此人才是最好的人，于是转身奋力追赶，重归于好。

有的人，分手后放不下，再去找那人，发现新欢真酣，顿时明白了新欢旧爱的含义。

毕竟，像志明与春娇这样分手后各自有了新欢还能复合的例子，非一般人是效仿不来的。

首先，得有一个习惯性与前女友偷吃的志明，他能在和春娇恋爱的时候，还与前女友偷情，然后在和春娇分手有了新欢之后和春娇偷情。

其次，要有一个怎么都走不进当事人心里的新欢。杨幂饰演的空姐无论如何都走不进志明的心，两人地域不同，生活习惯不同，最主要的是，兴趣不同。很多人都记得那个镜头，志明喜欢把干冰倒在马桶里，还拉着女朋友一起看，乐得像孩子。春娇觉得好玩，和他一样开心。而空姐觉得好无聊。当一个人的兴趣变成另一个人的无聊时，他们也注定走不了太远。

再次，必须有再次相遇的缘分。志明被调去了北京，春娇也因为工作调动去了北京。两人从香港来到北京，还很巧合地在北京重逢，这一点，简直就是老天爷在创造机会好吗。别小看这一点，这可以让男女双方再次接触，而且不是刻意制造的接触，两人分手后并没有谁死缠烂打哭着求复合，而是“很不巧”地再次碰到了，而且是在人生地不熟的另一座城市。这其中生出来的情愫，可想而知。

最后，还要有一个开明开放的心态，不计前嫌也不计后果。前面导致分手的恩怨统统要翻篇，对，包括吵架、冷战、出轨，都得翻篇。此外，还要有勇气面对接下来可能还会重蹈覆辙，依旧坚定不移地和好。

所以你看，志明与春娇之所以能复合，不光是因为爱情，外在因素也是多么的重要啊。

写到这里，我一直在回想身边有哪些朋友是复合后的例子。

老张是的。他当年在大学的时候就是撩妹高手，风流得不行，女朋友谈了 N 个。后来他遇到了女朋友小罗，两个人谈了几个月，老张神经病犯了，提了分手。

分手之后的老张迅速又谈了几个女友，但都像中了邪一样每次约会都想起小罗。然后那些女朋友在他眼里都大打折扣，无论是什么尤物，都不及一个小罗。而小罗也已经有了新的男朋友。

老张沉思数日，决定追回小罗，不然这辈子估计就打光棍了。他去找小罗，起初当然被鄙视了，毕竟当时犯浑的是他。他锲而不舍，其中不知道用了哪些方法，他不肯说给我们听。最终的结果就是，两个人和好了。

去年老张喜当爹，从一个晒妻狂魔变成一个晒妻女的狂魔，唯一不变的是，镜头里始终有小罗。

还有一个朋友，因为男朋友爱玩，经常玩到半夜归来，她忍无可忍，分手走掉。结果才一个月的时间，苦不堪言，又忍不住跑回去找他。男朋友看了她一眼，说，坐下来，吃饭。然后两个人也结婚了，男朋友成了老公，但不变的是，他还是爱玩，还是晚归。

其实爱情并没有太多教条，有些人说打死不吃回头草，有些人重归于好之后也很幸福。舒淇和冯德伦结婚，莫文蔚和初恋结婚，都得到了祝福，幸福美满。

只想说，此生若是爱上了，就不要留有遗憾。而如果只能是遗憾，那就遗忘吧。

能抓住的就去抓，相遇一次已经很不容易了，更何况相爱一场。

可以先给我爱，再给我钱啊

这个世界除了有“先救谁”这样的白痴问题，还有“嫁给谁”这样的愚蠢困扰。在爱情与物质的单选题里，有的人奋不顾身地丢弃爱情投奔面包，还有的人义无反顾地牵着爱情一同挣面包。如果是你，会选哪一个呢？

/ 1 /

后台收到一个姑娘的留言，说看了我写的穷小子的故事，深有感触，决定给我讲讲她和男朋友的故事。她的男朋友出生在一个小地方，家境并不富裕，而姑娘的家庭条件还算可以。

他们是在一个聚会上认识的，属于互相看对眼的那种，没多久就在一起了。姑娘说，两个人的性格、爱好各方面都很合得来，在一起相处得很轻松，也很快乐。就这样在一起了差不多半年，在感情即将升温跨向下一个阶段的时候，男朋友忽然就怂了，和姑娘说要不我们还是算了吧。

姑娘觉得很委屈，逼问原因，得到了令她哭笑不得的理由。

原来，这个男生并不是不喜欢姑娘了，只是觉得再往下发展，大概就是奔着以婚姻为目的去了，而他家境不太好，彩礼彩礼拿不出，房子房子买不起，他不知道该怎样给自己的女朋友幸福，怕有负于她，所以就趁着双方还没有陷进去，忍痛说结束。

姑娘对那男孩子说，我并不是一个物质的人啊，至少现在不会，但我也不保证以后不会。不过我们都才二十多岁，急什么？在这个年纪，我清楚地知道我要的是爱情。至于物质上的东西，可以十年后再给我啊！

就这样，两个人没有分手，男朋友加倍对她好的同时，也在加倍努力奋斗，不到一年就升职加薪了。现在虽然还没有房和车，但她知道，这些东西都会慢慢有的。

我看完她的留言，回复道：你是我见过最美最聪慧的姑娘，未来，你们的幸福是无可比拟的。

/ 2 /

其实身边像这位姑娘的女孩子，似乎越来越少了，人们更加热衷于从物质的层面，去满足整个人生需求，这实在太荒诞了。

用不着举例，身边那些因为给不起彩礼、买不起房子而分手的爱情简直比春天下过的雨还要多。为什么大家都要那么着急，而不愿意给年轻和奋斗一个机会呢?

我有个学姐是报社的，她曾经做过一个专题，一个非常俗套的选择题：相爱但很穷的年轻男朋友 and 相亲的家庭富裕对象，都向你求婚，你选哪个？有 75%的女孩子选择了后者，并且，学姐还告诉我一个非常悲伤的事情——这次的受访者有 90%是大学生。

这意味着什么？意味着我们的姑娘们还没出校门，还没进入到社会这个大染缸，就已经不愿意嫁给爱情了，这是一件毫无喜感的事情。

/ 3 /

我还认识个姑娘，在谈婚论嫁的年纪毅然决然地和相恋五年的大学男朋友分手，转身嫁给了家里介绍的一个条件很好的男人，理由是，大学男朋友只能无条件地爱自己。

在她眼里，爱情只是无条件的，而她要嫁的，是一个有条件爱自己的人。

是不是很可悲？

把爱情与条件拴在一起，哪怕那个人无条件对你好，什么都答应你，赚 100 块钱愿意给你 100 块，也要弃之转身嫁给一个赚 100 块给你五毛钱的男人。

我不知道这种姑娘，以后会不会幸福。我只知道，嫁给爱情的姑娘，幸福感都不会太低。

/ 4 /

我想起曾经的一个男同事小 A，也是二十来岁的年纪，他家里条件不错，在深圳有四五套房子，他光收租都比自己一个月挣得多。我问小 A 为什么还要来上班，他说希望自己到老都有挣钱的能力而不至于靠无聊的收租度日。

那个时候，我们公司有个女孩子 CC，嫁了个穷小子，怀孕了还要每天挤地铁上下班，十分不易。

小 A 有天对我说，其实他挺羡慕 CC 的老公的，在这样穷的年纪，有个姑娘奋不顾身地嫁给他，不图什么，只图这个人。

我笑他，难道你女朋友就不图你这个人啊？

他一本正经地说，我现在还单身，但我估计自己很难找到这样的女孩子，除非我不要父母的那几套房子，自己单打独斗。如果真那样，我想我可能一辈子都娶不到老婆。

这是什么逻辑？！我不禁怒了。

风餐露宿和锦衣玉食，你选哪个？小 A 问我。

我知道这是个套儿，当然不会轻易钻进去。我说，我选我自己选择的生活，自己挣来的食物！

海欧姐，不是每个女孩子，都有你这样的愿意吃苦的勇气呀！小 A 说。

你错了，这不是愿意吃苦，这是既要很多很多的爱，也要很多很多的钱！

What？小 A 不解地看着我。

/ 5 /

同样作为姑娘，我清楚地明白，爱情和物质都很重要，两者我都要。但是得有个先来后到的秩序吧！

年轻的时候人们往往爱得毫无保留，感情深沉而纯粹，这个时候的爱情，是千金也难买到的，是最可贵的，所以我选爱情。

中年之后，我们爱的那个优秀的穷小子，当以自己付出了十来年的努力，收获该有的物质了。这个时期的物质，是最可贵的。况且我们有家有口，需要物质的保障方可平安喜乐。这个时候的爱情，早已转化为亲情，我们需要很多很多的钱，来给你年轻时的努力一个圆满的说法，来证明穷小子是可以嫁的，对不对。

没有人会一直穷下去，除非是真的不努力。那么对于有爱又肯努力的穷小子，我们为什么就不能多给他们一点时间呢？要知道，他们奋斗起来的样子是非常迷人的，是那种在富家子弟身上所看不到的独特魅力。和这样的人在一起，每一天都是充满斗志和激情的，是活得有存在感有意义的，而更重要的是，还有满满的爱情。

可以先给我很多很多的爱，再给我很多很多的钱！我想，这可能是我们最好的爱情价值观。

管好下半身，
管好下半生

题记：两年前我出轨了，现在我老公在我怀孕5个月的时候找小姐，怎么办我很难受。

/ 1 /

昨晚收到一条公众号留言，看得我情绪激动直想骂人：

“我怀孕5个月了，今天我发现我老公在网上找小姐，还问她们价格，我没敢继续往下看，我好难受，觉得整个世界都塌了，我真没想到老实的他会干出这种事，我该怎么办？我真的很难再信任他了……”

一大段的哭诉，让我为这个怀孕5个月的准妈妈感到气愤不已。这是什么男人！居然在老婆怀孕期间出轨，太不是东西了！

正当我愤愤然准备和她一起骂渣老公的时候，我点开了她的头像，于是，页面跳转为和她单独发消息的小窗口模式，但也因此，跳出了她很久之前发来的精选消息。

公众号有一个功能，那就是，所有精选消息，后台会一直保存，哪怕对方有天取关了，消息都还在。

所以，我看到了史上最为尴尬的一条消息，时间显示为2015年的某天，距离现在差不多两年。这条消息是这样的：

"我已婚，之前认识了老公的一个男同事，对他一直有好感，后来他刚好来我所在的城市出差，我们联系上了，然后我们发生关系了，还不止一次。唉，每次回家都有罪恶感，我老公对我很好，我知道不能再继续下去了，但一直下不了决心……"

没错，发消息的是同一个人，一条是两年前发的，告诉我她在婚内出轨，觉得很对不起老公。另一条是昨晚发的，告诉我她怀孕了，老公在她怀孕期间找小姐。

我当时只有一个心情：这个世界，真荒诞啊。

但我还是回复她了，我说：2015年你出轨男同事的时候，有没有想过会有这一天——你也会遭到背叛，会伤心，会难过。如果知道会有这么一天，你当年还会出轨吗?

隔了两个小时，她的消息再次从后台发来，她说，你的意思是我这是报应吗?唉，那次之后我就没再继续了，加倍对我老公好，可我没想到他会在我怀孕期间找小姐。知道比不知道难受一百倍。

还能说什么呢?我没再回复她了。

/ 2 /

不知道从什么时候起，充斥在我们身边的，无论是热点新闻，还是鸡飞狗跳的家长里短，都离不开两个字——出轨。

明星婚内出轨，键盘侠一哄而上，大骂男渣女婊，不是东西。

闺蜜朋友惨遭背叛，我们感慨万千，有的劝和，有的劝散。

这似乎已然成为这繁华盛世最常见的现象。

这个时代，从一而终或许实在太难了，因为现在的社会，诱惑太多，人们的思想也愈渐开放，出轨现象层出不穷，都快令人习以为常了。

但我想，这些人大概都已经淡忘了婚姻是何物。

何谓婚姻？抛开那些法律层面上的解释，我想婚姻最重要的一条便是，忠诚。对伴侣忠诚，对家庭忠诚，是婚姻最重要的一条。

我们为什么要忠诚？偶尔的背叛不一定会造成实质性的伤害，何乐而不为？这是绝大多数出轨之人抱着的心态。

然而，某一天，当曾经出轨的你，发现伴侣的出轨迹象，难过不已。你有没有想过，如果当时伴侣也知道了你的劣迹，又会是怎样的如刀绞如剜心呢？

不要说一时冲动，大家都是成年人，结婚的时候也都是立了誓的。如果人人都可以一时冲动，那世界上就不需要婚姻了，回到原始社会群居杂交的时代去吧！

而那时候的人类，和牲畜有什么区别？

/ 3 /

为什么出轨之后的婚姻要么破裂，要么感情难以修补似从前，无非是一次出轨，丢掉的不仅是忠诚，还有夫妻间的信任，这才是最关键的。

出过轨的爱情就像养了一只偷腥的猫，你抓到过它偷吃鱼，那么，即使它向你低头认错，在未来很长一段时间里，你仍然不会忘记它是一只偷腥的猫。于是你忍不住去翻它的窝，它待过的任何一处，看看有没有再次偷腥。你甚至会跟踪它，哪怕它只是拐进了一条没有去过的胡同，你都会怀疑，然后，整夜整夜地睡不着，头发大把大把地掉，神经一天比一天敏感，一天比一天崩溃。

这太要命了。

丧失对另一半的信任，是一件比失去爱情更可怕的事情。

我有个朋友，她的丈夫曾经背叛过她，她当时为了孩子选择原谅低头认错的老公，没有离婚。而如今，他们的生活变成什么样子了呢？

他老公每天要接她N个电话，并且要解释为什么今天回家走的路线绕了路，因为她在他的手机和车里都装了GPS，哪怕她老公只是下班时顺路搭一个同事绕了点路，她都要疑心半天，就更不用说翻他的手机聊天记录、通话记录了。

她说，一天夜里，她再次因老公应酬太晚回家和他争吵，孩子被吵醒，吓得大哭。老公叹了口气说：其实这样，我们还不如离婚，现在的我们，比离婚还要糟。

/ 4 /

出轨，绝不是一个人的事，这件事危害极大，因为它波及许多人。

首先是另一半，这是出轨事件受伤害最大的人。

其次是孩子，孩子是无辜的，无论婚姻破裂还是无休止的争吵，都会是孩子童年最大的阴影。

然后是家庭中的其他成员，比如双方父母，任何一对父母，都不希望自己儿女的婚姻不幸。

这还是单方面的一面。出轨是两个不负责任的人做出来的，所以受伤害的是双方伴侣、双方家庭和孩子。

所以这件事有什么好的呢？古今中外，凡是出轨者，都是受人唾骂的。没有人歌功颂德，赞扬或者同情出轨者的。

出轨，无非是图一个新鲜刺激。看一个人久了，难免生厌。

然而一辈子还长，为一时快活害人害己，值吗？

管好下半身，也就管好了自己的下半生。

彼此彼此。

套路是检验情场老手的重要标准

题记：懂得在情场使用套路，想必是谈了不少恋爱吧。

不知道从什么时候开始，套路这个词，渐渐流行起来。求职要有套路，交友要有套路，谈判要有套路，甚至连谈恋爱都要讲套路，到底还能不能真诚地活在这个世界了？

很多人以懂得女孩子的心思为荣，以自称情场老手为傲。这样的人，谈恋爱就跟做数学题一样，什么时候该假设，什么时候该求证，一切都有套路。凭着这样的经验，解出一道又一道的题目，自以为是学霸，其实是情场的学渣。

他们流浪多张双人床，换过诸多信仰，唯一不换的，就是套路。

懂得使用套路的男人往往给人以深情的错觉，这样的男人能说出动人的情话，讨得人欢心，姑娘们会觉得遇见他真是太幸福了。

可别忘了，自古情深出渣男。如果一个男人对你太深情，先别着急着感动，因为，他可能只是在玩深情的把戏而已。

我有个朋友叫小罗，她说有个男人在追她，她拿不定主意，就来问问我。这个男人，在一次聚会上认识了小罗，后来辗转打听到数日之后小罗会参加一个歌唱比赛，就买了一大束玫瑰捧上台去，在众人热烈的起哄中没有丝毫的怯场，反而直接拿起了麦，非常老到地说了一些暧昧不明的话。

事后小罗问他怎么这样不怯场，他竟然说是情不自禁。

情不自禁，情不自禁你妹啊，送花给姑娘送多了吧，台词都会背了吧！

我跟小罗说，你防备着点，别陷太快，拿不定主意就翻翻他的微博空间人人网，总会发现点什么的。

果然，一个月后，小罗打来电话，说那套路男同时在和好几个妹纸暧昧，还用的都是差不多的招数，果断拉黑！

这还好，总算是没被渣男给骗到，明哲保身了。

何为套路？我问过一些谈过很多恋爱的男生，综合他们的意见，大概是这样的：

在追求阶段最常见的大概就是先接近那姑娘，说些赞赏的、暧昧的话，让她先注意到你，然后玩暧昧，同时奉上真情，让她注意到你，之后再玩消失，让她担心、疑惑、牵挂，再出现，告诉她自己最近很想念她，忘不了她。如此，胜算在握。

追到手之后的套路往往就是甜言蜜语发毒誓，讨姑娘欢心。这里面，不同的人会有不同的方法。尤其是情场老手，往往工于心计。

这些在情场里使用万无一失的追求方法的，通常都是老手，这点不用怀疑。真爱你的人，不舍得拿套路来待你，因为套路这玩意儿，不仅是对感情的不尊重，同时也是游戏情感的表现，我们宁愿高喊着那句俗语“多一点真诚，少一点套路”，也不要拿套路当利器，将情感中的真诚斩碎。

当然，如果你也是情场老手，那你们也算是势均力敌了，至少会看破男人的招数，见招拆招显身手。但如果是由一个情场老手和一只纯情小白兔组成的 CP，我就很替小白兔担心了。

我们公司以前有个主管，花心著称，常常炫耀自己的泡妞绝活，恨不得出本宝典了。有一回来了个实习生小姑娘，大学还没毕业，还比较纯良，没多久就被那主管骗去开房了。我们有个同事有一回在过道里抽烟，听到那小姑娘在给朋友打电话，哭诉着自己的遭遇。

原来，在追求她的时候，这主管是各种甜言蜜语，哄她上钩。

原来，这主管是有正牌女友的，那她呢？被骗了心骗了身不说，还被当了一回小三，闹都没地方去闹。

原来，把她骗上床的理由竟然是：我好难受，你不和我XXOO我会得病的。

这他妈是什么狗屁理由？最奇葩的是，那姑娘也信！看来真的是图样图森破了。玩了人家姑娘，那渣男就把人家甩了，继续泡其他妹纸。唉，不能怪渣男横行，怪只怪你给渣男开辟了道路，让他们大摇大摆地横行。

在感情里使用套路的人固然可恶，但会相信这种套路甚至还陷进去，就只能怪你自己了吧。虽然这么说有点残忍，但或许早一点看清，就少一点执迷不悟了。

情场老手或许并不可怕，但懂得完美使用套路深深套住女孩子身心的男人才可怕。就像一枚定时炸弹，你不知道它什么时候会爆炸。

耍套路的感情毕竟不会长久。

写这篇稿子的时候，我问过一个谈过很多次恋爱的发小，这小子，初中开始就写情书了，谈过的前任可以组成好几个国家队了。我问他，你们男生谈的恋爱越多，是不是越会追女孩子，追到手的概率也越大?

他说，差不多是这样。而这位发小即将结婚了，于是我很好奇地问了他和他女朋友的故事。

他告诉我，遇到真正喜欢的人，是将原先的那些伎俩统统粉碎掉，就好像一个全新的自己，去爱一个人，以前的那些东西都用不上，因为你怕伤害她，怕失去她。

其实遇到真爱的感觉是，你一下子就变成了最初的那个自己，一切都是崭新的，所有之前的残留物都消失殆尽，你会紧张，会激动，会焦虑，会害羞，会心甘情愿地甚至有点傻乎乎地对她好，而不会用其他的手段来使得这份感情拥有任何瑕疵。

发小说得很令人深思，作为女同胞，我深知很多姑娘都是一样，希望那个真爱你的男人快快出现，但你要知道，把爱放在嘴上的未必是爱，把套路放进感情里的一定不是真情。

所以，远离那些用套路追求你的男人，他们虽然各自招数不同，但有一点是可以参考的，那就是，和他们在一起，你会觉得他们对于爱情把控得十分到位，十分扣人心弦，不慌不忙，引你入戏的感觉。那么，这样的人，往往就是情场老手啦。

那么，对于情场老手，你是选择继续在一起呢，还是果断Cut呢，公道自在人心。

在爱情中懂一点技巧固然是好，但套路太深，往往就令人心寒了。相爱是发自肺腑的事，是缘分的事，与套路无关。或者这样说：

我爱你，与套路无关。

第四章　相见不如怀念

爱情总是这样，

肿胀了自己，羡煞了旁人。

临别时你的样子
面目可憎

题记：离开时想起你的模样，

一遍遍都是可憎。

/ 1 /

曈曈和男朋友异地恋三年，两人都在读大学，只可惜一个在温暖的南方，一个在凛冽的北方。

都是穷学生，一年也见不了两次面。每一次男朋友来看她待不到两天就要匆匆返回，两人每次都是从学校直接走去火车站，半个多小时的步行里，说着怎么也说不完的情话。

到了火车站更是依依不舍。

牵着的手不舍得松开。

拥着的身体不舍得分开。

四目相对的眼神不舍得离开。

总是要等到检票口的门快要关闭之前，瞳瞳才一狠心，一把将男朋友推进去。

男朋友一面跑着，一面还回头冲她笑着摇摇手。她觉得男朋友怎么这么好看啊，怎么看都看不厌。唉，还没看完，你怎么就不见了。

检票的工作人员一面恶狠狠地训斥着，高喊着还有五分钟火车就要开了，一面颇为欣羡地看着他们。

瞳瞳哭得双眼红肿，胸口发堵，想着再见时就是明年了，真难受啊。可还要努力挤出一丝微笑，眼角余温全是他。

爱情总是这样，肿胀了自己，羡煞了旁人。

毕业后爱情终于如愿以偿。瞳瞳去往男朋友的城市一起打拼，每天腻歪在一起。

看似甜蜜，却纷战不断。之前因为异地没有暴露出来的恶习与毛病，此刻一览无余。

忽然有一天，在例行的三天一小吵五天一大吵之后，两人都出奇地冷静了。

什么是吵架之后的冷静？——心头冰冷，思绪平静。

大多分手的前兆，都是这样。所有即将终结的纠缠，也是这样。

冷静了一周后，两人和平分手，各自解脱。

离开那天，男朋友送她去机场，他们一路上都一言不发。那样的场合，大约说什么都是不合时宜吧。

到了机场，男朋友帮她拿笨重的行李，她说了句谢谢。最后在登机口，男朋友抱了她一下，说保重，有机会，我再去看你。

她抬头看了看他的脸，知道，那可能是最后一拥了。因为，他们之间所有的机会都已经用完了。

她觉得这个时候应该哭出来的，可是眼泪怎么也流不下来，大抵是已经甘心了。再看男朋友，也是差不多的表情。但怎么看，都觉得不那么好看了。

就是一张普普通通的脸，一想起异地恋时因为没钱见面总见不着面的那些难熬日子，她觉得这张脸还有些面目可憎。

她突然想起曾经在火车站送别时的场景，想起那个带着羡慕眼光看他们的检票员。原来最好的爱情，就是在山南水北里的你来我往，紧抱着直到火车扬起汽笛才不舍地离去，每一步都是牵绊，每一眼都是不甘。

再看此时机场的工作人员，全都是寻常的表情，哪里有什么欣羡。

又或许是当时在火车站的一种错觉吧——那个检票员并没有流露出什么羡慕的神情，都是自己给一往情深的爱情一个添油加醋的小任性而已。

离别啊离别，原来每一次离别都是爱情消亡的一小步。我们始终没能跨过去那个坎儿。还只怪当时只道是寻常。

她办理好登机手续，转身向登机口走去。其实还可以待半个小时再登机的，还有大把的时间。但她不愿了。消亡的爱情，多一句嘴都是废话。

她一边走着，一边挥了挥手，并没有转过身去看他。因为她怕再次看到那张面目可憎的脸。

那一个小时的飞行里，我觉得心情如飞机失事一般沉重。生命里有一个重要的人，没有了。而我，也将从他的生命里彻底消失，可不就像飞机失事一样，从此再查无此人。瞳瞳后来告诉我。

这是我听过最悲伤的告别。

大概所有的分手告别，他的样子都是不好看的吧。同样，你的也好不到哪儿去。

我们用尽了力气玩命相爱，花光了运气拼命相守，最后还是落得分手收场，你好看的容颜陡然面目可憎，这真是一场惨败！所以就都推给该死的离别吧！

/ 2 /

而人生的离别，从来都不是只有爱情这一件事。

我们还要和亲人分别，和朋友分别，和许多刚刚熟稔起来的人分别。

熟悉我的人都知道，我是个极度讨厌离别的人，但熟悉我的人没几个。因此，临别之际常成为心头困扰。

按世俗意义上的离别，应当是这副模样：我们先聚在一起吃一顿，说着认识了这么多年以后走到哪都不要忘记彼此的胡话，酒杯碰得叮当响。然后，我看时间不早了，你送我离开，一路上我们继续说着不着边际的话。最后，在某个起始车站，你隔着车窗摇手说再见了亲爱的，好好照顾自己！我点头说好的你也一样！

没错，世间所有的离别，大体是这个样子。

可我很讨厌。

我讨厌明明在一座城市待了三五年，其间一起吃饭不超过两次，最后竟然要用离别做幌子吃顿最后的晚餐。

我讨厌大家因为工作忙恋爱忙总说改天一起聚聚，最后拖到了某个人要离开了才匆匆一聚。

我讨厌明知道这一别山高水长以后几乎不可能再见面，但却要大无畏地说着等我去找你啊。

世界上所有的“改天”，最后都成了离别那天。况且，临别的时候要辞职，要退掉房子，要处理掉旧物，还有一堆杂七杂八的事情，谁有心情一个人一个人地通知，说一声嘿，我要走啦。

我之所以讨厌离别，讨厌我们在离别时的模样，是因为我们都误解了离别的含义。我们把大好的时光拿来说“改天”，最后却要集聚所有的重量投向临别的那几个紧巴巴的日子里。

生活总在别处，我们总有推卸不完的借口。

面对离别，我选择悄无声息的方式。我不喜欢大张旗鼓的动静，也不喜欢大家一窝蜂地涌上来，说着过分煽情的话。

曾离开过一座生活了几年的城市，那里有许多朋友。临走之际，我一个人也没有通知，我知道通知了就意味着要见面，要最后的狂欢。

我觉得，以离开为理由的相聚总归是滑稽的。况且，我们都还活着，有缘自会再相见。

这与我初到这里的场景截然不同。

去一个地方之前，我会想方设法联系到所有在那里的熟人，约见面。因为我就要来啦，日子或长或短，往长里说，没准儿我们一个不小心还会成为邻居，成为同事，成为彼此在这陌生地方的亲切陪伴。往短里说，那就更要见面了。

朴树这样唱：我为你来看我不顾一切。

我喜欢这种不顾一切跋山涉水的见面方式。

因为你足够重要，所以我要赶来见你。这才是情谊。

而离别则大相径庭。

回顾每一场离别，都是猝不及防。

离职时，办好了所有的手续，想着要不要和这些朝夕相处过的同事一一打声招呼说我要走啦，想着要不要在公司大门口微笑着留个影，想着要不要去领导办公室感激一番。结果统统不了了之。

矫情。是的，以上这些，都显得十分矫情。大家都是成年人，这不是唯一的告别方式。

况且，就算矫情一番，那要怎么做呢，和每一个同事，要说什么不同的语言呢，金句会不会用完?

离职那天，我和平时同路的同事最后一次乘坐同一班地铁，下车后，我们在路口说再见。其实我知道，大部分再见，都不会再见了，因为可能再也找不到见面的理由。

许多时候，我和一些熟人碰面后又分开，分离的那一刻，大家挥手告别，说下次再聚啊。我的心里总是有点感伤。这下一次，恐怕不会再有下一次了。

/ 3 /

生活在同一座城市也不常见面，这是这个时代的群体孤独。

有时候，比生活在同一座城市更近的，是在同一个片区同一个小区，说了几遍要见面，最后都见面未遂。

这一点我有切身体会。我在深圳一个片区住了两年，有一天惊奇地发现我的一个大学同学也住在这个片区，大家都很激动，说有时间见面叙旧。她约过我几次，我也约过她几次，最后都因为不是她加班就是我有事这样的理由作罢。等到某一天我在朋友圈里刷到她的动态时，发现她已经搬到另一个相距甚远的片区了。

接下来我们再也没有联系过，也没有见过面。

这大概就是最无奈的人之常情吧。毕竟我们都不是故意的。

每一个借口，都情有可原。每一次错过，都山南水北。

有多少次，一挥手，就真的再也见不着了。又有多少次，一转身，就再无消息往来了。

世间最凉薄的不是人心，而是你我的关系不持久。

听过太多的分手故事，惊叹每一种不同的分手最后几乎都有一个共同下场，那就是，分手后两个人真的就很难遇到了。想来也是怪事，明明就在同一座城市，同一个故乡，曾经去过那么多地方，接吻拥抱，但分手后，不知道为什么，竟然完全碰不到了。

原来缘分的截止，就是这样彻底。爱情没有了，什么都没有了。

想念一个人的时候，就只顾万水千山地去看他，哪管什么千里迢迢。因为你我和他之间，真的是，见一次就少一次了。

在面目变得可憎前，多欢聚吧。

爱情中错过彼此的六种方式

说起爱情，最遗憾的莫过于终不成眷属。

普天之下，不成眷属的可能性有很多种，总有一种，正中你怀，戳得你心窝子生生地疼。

/ 1 /　暗恋

提到暗恋，无非是这个情景：你深爱着他，而他却不知情不领情不动情。

其中，以“不知情”最为戳心。而造成你心窝隐隐作痛的原因还不是因为，胆儿不够肥，不敢告白，不敢让那人知道。

想我翩翩少年一往情深，你却连正眼都不瞧上一瞧，追你这件事成为一种永恒的遥遥无期。

枉我貌美如花痴心一片，你却和别人言笑晏晏，多想下次换你，褪去一身骄傲，喜欢我到疯掉。

暗恋贵在一个“暗”字，即所有的情愫都要埋在心底的小黑屋里，还得关得死死的使之不见天日。于是对方在不知情的状态下，以为你只是个腼腆害羞的骚年，对你温柔一笑，然后就没有然后了。

/ 2 /　单恋

单恋又称一厢情愿，相比于暗恋，稍微好一点，那就是对方可能知情，但不好的是，同样不领情不动情。

你可能已经表明心意，但对方已经另有所爱或者实在无法爱上你，任你貌美如花瘦胸长腿，始终对你动不了凡心。这事儿就棘手了，管天管地，管不得人家心往谁身上钻。

可不是，你在这爱得发疯，你后头，爱你的人也正发着疯呢。你们排成一个死循环，谁和谁都走不到一起。

你和谁谁谁，谁谁谁和你，都是不可能的人。

/ 3 /　初恋

要说这世上最害人的就是“第一次”了。第一次爱的人，到死都不能忘记。

这才有了世界上最不可能同时也是最遗憾的爱情——初恋。

似乎初恋就是用来分离的，教你尝食爱情之味，后锥心刺骨，相忘于江湖。

《海角七号》里给友子的情书里这样写道：

爱人哭、嫁人哭、生孩子哭，想到你未来可能的幸福，我总是会哭。

这大概，就是对初恋最难以割舍的情怀了吧。即使无法在一起，却还要祝你一生幸福，即便那幸福是我给不了的望而却步。

/ 4 / 前任

一辈子那么长，谁还没有个前任？！而这世界上，没有一个前任是可以回头的。一回头便是沧海桑田，覆水难收。

不要幻想会不会有一天，前任突然回头，和你狼狈地撞在一起。因为很有可能，前任忽然回头，递给你一张结婚请柬，笑容诡异地说，一定要来哦！

不过，谁没有为前任做过犯二的事情呢？我们都是天下最可笑的傻瓜。

既然是前任，就一定是分了手的，既然分了手，就一定是有原因的。劈腿、性格不合、异地、不信任、不爱了，都是理由。总是因为某些逾越不过去的沟，才导致彼此成了前任。

有些名字你已经不记得了，但输入法还记得。还是会在某个风和日丽的早晨，想起他赖床时的模样。

/ 5 / 天各一方

这是一个挺悲伤的事情，花开两朵，奈何天各一方，无缘相守。

离开的人在临别之际祈盼会有天使替他来爱你，留下的人在以后漫长的余生里，眼角眉梢都是他。

或许真会再遇见一人，像他，又不像他，只是，不可能再是他。

余生只得好好生活，把他的也一并活着，不敢倦怠，不敢怠慢。

/ 6 /　不该之人

不能保证每个人都会遇到，但倘若遇到，或许也只能作罢。

爱上一个不该之人，不是对错的问题，怪只怪情动也有偏差。此时唯有放手，放开所有，彼此更自由……

与其说是放手，倒不如说是成全。

于是世间又多了一个不可能的人。

以上六种情况，有没有一种被你撞见过？如果有，那恭喜你，这一生多了一个故事，这一世多了一个可牵挂的人。

我们带着心底或轻或重的遗憾，跋山涉水，努力越过重重障碍，发现到头来还是无处安放。且将心底空出一只玻璃瓶的位置，一股脑儿地全塞了进去，然后将之扭曲成一只克莱因瓶，永无出口，永远封闭。

该道别了。心里那个不可能的人，谢谢你，再见了。从此山高水长，祝你平安喜乐，高枕无忧。

而我，亦会幸福。

别了，我的旧情人

题记：情自是情，

情也是无情。

情中忘情，

情破离情。

/ 1 /

这世上最复杂不堪的，是回不了头的旧情。

我要开始说我的旧情了，然而并不是说人，而是说物。

人们对待旧物，就像对待旧情，丢掉了可惜，留着又无用。

理智的人谈好条件，卖个好价钱赶早处理掉，再无念想。

痴迷的人反反复复，一步三回头，牵肠又挂肚。

还有人傻呵呵地转让出去，却指望下家能好生对待它。

我就是这第三种人。

这两天搬家，清理家中旧物，许多都是不能带走的，于是只有两种处理办法，一是卖掉，二是扔掉。

有许多东西都是完好的，餐桌沙发床以及空调冰箱各种电器。于是只能选择转让卖掉。

这些旧物跟了我三年有余，购置的时候还都是新物，转眼间已是颓唐的旧物，摧残它们的不只是时间，还有我。

从前觉得房间太小，几件家具就将家里堆得满满的，看多了心生厌烦，也从不知道要珍惜。因为它们并非重金购置，只是在我初出社会最艰难的日子里陪我咬牙前行的伙伴。看过我的沮丧、失落、脆弱、哭泣、恐惧，也分享过我的喜悦、激动、欢笑、幸福……我想它们或许比父母和爱人还要了解那个时期的我。

可我现在才忽然意识到这件事。

我在生活里其实是一个慵懒的人，所以买来的东西跟着我，并没有享受几天光鲜的时刻，很快它们就变旧了。

如今是要卖了才知道好好清洗它们。这么多年了，从买回来以后我除了使用、一味地索取它们，似乎很少去清洗、护理他们，甚至都没有好好端详过。想想当年也是千挑万选相中的，那时候恨不得连它们的每一丝毛孔都看得仔细，可得到了之后，反而变得薄情起来。

原来我也是薄情之人。

/ 2 /

东西处久了，也是有灵性的，它知道你要什么，知道它要站在什么地方，以什么姿态和你迎合。你们以最和谐的姿势，度过每一天。相处愉快。

我第一次感到恐慌，是我将餐桌卖掉的那晚。

旧物被我一并挂到了网上，餐桌被第一个看上买走，可能因为它是最便宜的一个吧。

只是一个圆形的小小的玻璃餐台，被我摆放在客厅靠近厨房的地方，也靠近卧室，房子本来也不大。餐台用来吃饭，吃水果，摆 ipad 追剧，嗯，似乎也就这些功能了。

当晚我回到家，把它上面的杯子等物品移开，好好地清洗了一遍。蹲下身去擦拭的时候，隔着布，一遍遍地抚过它的每一个地方，忽然觉得似乎就没有这样温柔地对待过它。

望着清洗干净焕然一新的它，我知道，它很快就不属于我了。

它被搬走的时候我一直送到了电梯口，回来后我煮了饺子吃。饺子起锅后，我找了个高凳来摆放，坐在沙发上，觉得吃得好吃力。

然后我发现很多事情都变得不方便了。手机不知道搁哪了，饭也没地方吃了，随手放的杯子也得另寻一处安放。我没有想到一个小小的餐台，在我的生活中作用会有这么大。

餐台没有了，我有些恍惚，有那么一瞬，极想把它追回来，共度余下的时光。可我知道那不可能，因为我带不走它。

很快，没几天，沙发也被搬走了。它在的时候并没有觉得它有什么特别，甚至很少坐。它不在了，整个客厅都失去了灵魂。

接下来，冰箱、空调、洗衣机、床……所有的所有，都将不复存在。

/ 3 /

没有旧物的房间，空荡荡的，什么也无处安放。我一个人待在里面，直到最后期限，不得不离开。

我将这里的一切都拍了下来存进电脑，我会记得我在这里亲历的一切。

一边清理着旧物，一边寻着新欢。谁人不是如此，我也是其中一个。

新房子已布置妥当，我还记得为了选一款心仪的沙发，恨不得走遍全市。可太难挑了，许多款式还都入不了眼，更何况入心呢。

最终挑中的，是一款第一眼看上去就觉欢喜，接触了解之后发现确实是自己想要的美式风格沙发，继而快乐地埋单。

连次卧的床，也挑了十几天才买下来。我们就是这样，对待新欢永远有用不完的热情。

而我在此时，格外怀念我的旧物。

舍不得旧物，就像舍不得旧情。无奈我们都一样，难忘当年情。

这就是人生，大抵如此。

很少有这样的失落了，处理旧物真的不是一件开心的事，越处理越伤心，甚至比离别还伤心。人就是这样，只有等到失去的时候才懂得珍惜。

我要走了，亲爱的旧房子，以及我一去不复返的旧物们。珍重。

你就不要随便想起我

2016 年的夏天，在写一篇和记忆有关的小说。人的记忆弧长究竟能有多长，是我一直在思考的问题。

我们每天面对那么多的事物，和数不清的陌生人擦肩而过，而能够在记忆深处留下痕迹的，能有多少呢？

换句话说，即使当时记下了，时隔经年，良辰美景之后，一切会不会只是虚设？那些爱过的人，那些历经的事，都只在生命中打了个照面，就消逝了。

这两天关于这个问题的思考又加深了，缘于一位读者私信我问了一个问题，他是这么说的：

海欧姐我想问你一句话，一个人如果出名了粉丝多了，成百上千万的话那是不是就很忙，然后不理会任何人，如果你有一天粉丝到了几百万几千万的话，那你还会记得我这个读者吗？那个曾经看完你的书就充满了斗志的小小的我。

我是这么回复他的：

记忆是个不定性的东西，即使爱过的人都可能忘记。不过看完你这段话，我应该没那么容易忘记你，如果你不改名字的话。

回复完之后，我就在想，写文以来，公众号和微博都积累了一定的粉丝，虽然还没有到百万千万级别，但总归是有读者关注的。我从未想过读者会问我以后还会不会记得他。这个问题，令我触动了一下。

而我的回答，也确实是事实。去年刚开公众号的时候，我记得有两三位读者，经常和我互动，推心置腹地说心事。但到了后来，我忽然就找不到他们了。我记得前两天我在公众号唱歌的时候，有位眼生的粉丝回了我一句：

海欧，你的声音没有变，还和去年唱红豆的时候一样！

我禁不住去点了他的头像，公众号有这么一个功能就是，当有粉丝留言、评论或者赞赏，只要将鼠标移至他的头像上，就会自动弹出他的留言数量、评论数量及赞赏数量。而如果超过三天没有互动的粉丝，我就不能看到他的信息。

所以当我点开那位粉丝的头像时，发现他给我发过几十条消息！但由于消息的保存时间只有五天，所以很遗憾地，我并不知道我和他的过往。

于是我问了他。这才知道，原来他改名字了，还换了头像。他其实就是去年最早关注我的那批读者之一！

所以你看看，记忆真是个奇妙又有点脆弱的东西，没有败给时间，也没有败给遗忘，竟是输给了表象。

所以我常常在想，关注我的人，我究竟能记住几个、会记住几个呢？我固执地想要记住这里的每一个人，可你也知道这不太可能。

但我没有因此而沮丧，因为我知道，我们相遇过，你看过我的文字，我们在故事里谈天说地，这样，已经是最美的记忆。

今天在微博上，有两位读者发了晒书微博艾特了我。看着他们捧着我的第一本书，觉得人生真是个妙不可言的东西。那些从第一本就来到我的世界的人，无论是最初就相遇，还是半路相识，都很美好。

我不禁想起被我定义为人生第一位读者的人。

那时候我还在念大学，有一回写了篇散文发在市里的报纸上，没过多久，我竟然收到了一位自称是我读者的人的来信。

那封信洋洋洒洒写了有三四页，全是对我那篇文章的想法以及他对这个世界的看法。我当时非常开心，觉得有读者是一件非常了不起的事情，因为有人会因为你写的文字而和你交流想法，太棒了。

那位读者在信末留了他的手机号，我联系了他，用短信的方式。于是我们陆陆续续短信往来了数月，我也得知了他就在本市，比我年长，生活阅历比我丰富得多，我也会乐于听他对一些书籍或一些时事的看法。

后来我毕业来到深圳，换了手机号，他的号码也被我弄丢了。最近我忽然想起来这位人生中第一位严格意义上的读者，我不禁想，如果还能联系到他，给他寄去我出的书，不知道会是怎样一番感触颇深呢？

小时候喜欢写信，多远都会冒着风雨去寄，多晚都会不顾天色去收。也常常怀念那个纸笔的时代。

如今时代高速发展，所幸自己仍旧喜欢文字，喜欢纸质的东西，纸质的书。我甚至仍保留着在白纸上构思小说大纲的习惯。

我固执地认为，有些东西，是跨越不了年代的。它就在那里，成为经年累月不变的习惯。而这种习惯，不会随着年代而变迁，它甚至会跟随我们一生，直到老去。

我们究竟会记得一个人多久？

嗯，很久吧。

一岁，
一岁一枯荣

写在生日这天。

今天生日，情绪稳定，伴有喜乐。好像以往过生日总会有点莫名其妙的情绪。想起《请回答 1988》里正焕的爸爸，每到生日这天，会极度反常，由一个平日里的开心果，变成一个闷闷不乐、家人如何哄都哄不好的人。

我今天，还算正常。

似乎还没有在生日这天写点什么，主要是因为我是一个仪式感不太强的人。

所有的节日，都不是庆祝我的；所有的纪念日，也是过目就忘的。生而为人，我们终究是靠日子的长短和岁月的厚度来丈量生命的。

说得有些玄乎了。大概生日这天总是容易想到命运之类的东西吧。

我是个信命的人。

凡事合则聚，不合则散。是命。

聚多久，何时聚。是命。

和谁聚，何种聚。还是命。

突然哼起了黄渤的那首《这就是命》，这歌不错，挺喜欢的。

我们与什么人相聚，与什么事相聚，与什么样的人生相聚，都是命。不同的是，这不是坐以待毙，而是奋起追逐才能匹配的命。

如果不做出努力，这种命理或许就不属于你了。

所有积极得来的命理，才是我的命。

坚信不疑。

有人说，别再鼓吹努力了，没有用。我否定这句话。

我否定，是因为我还在二十来岁的年纪，我从不认为这个年纪的人是可以不努力的。不努力，十年后生活给你的面貌就是你后悔的毒药。

最近看了看我的星盘，别笑我，谁还没点小癖好呢？我把自己的姓名，出生年月日精确到时辰，出生地点精确到经纬度，得出了属于我的星盘。

太阳天秤，月亮狮子，上升天蝎。

这三个星座组合在一起，看起来会是一个很腻害的人呢。哈哈哈哈。

然后据说我从这一岁开始，好运连绵。我相信了。

为什么相信，是因为前几年过得实在辛苦，没理由还会过得比那几年辛苦。正所谓，到了谷底，接下来走的每一步，都是往高处走。

这几天晚上连续失眠，都是睡着之后在半夜两三点的时候醒来，还是清醒的那种，持续一个小时才能再次入眠。

不得不感叹，失眠太难受了，眼睁睁地看着时间一点点流逝，可是你却睡不着，还不敢起来看书写字，因为第二天要上班，怕写下去就天亮了。再者是真的没精力，我不是一个喜欢深夜写作的人，我觉得身体需要遵循自然规律，夜晚该睡觉就睡觉，睡足了健康了，再想其他的事。

所以，新的一岁，希望自己少熬夜，睡眠足，白天精力充沛，健健康康，做更多自己喜欢做的事情。

这个生日，是一个人过的，家人不在身边，也提不起兴趣叫朋友一起玩，主要是觉得也没啥好玩的。怎么感觉有点初老的症状啊……

不不不，我还年轻，我距离三十岁还要好几年可以挥霍呢，想想就很激动。

是啊，这几年，还可以做很多很多事情，写很多很多东西，见很多很多人（说得好像三十岁以后就不干事情不写东西不见人了似的）。

昨晚躺在床上的时候我就在想，我现在拥有了哪些属于自己的东西，物质的、精神的，以及爱，统统回想了一遍，发现拥有的还挺多的。

接下来几年继续修炼，一岁一枯荣，每一年看看走过的路，枯萎的是年轮，欣荣的是人生。

第五章　永远斗志昂扬

我们始终要靠自己，

才能活得漂亮。

毕业的头两年是难熬的两年，也是人生的起步期

题记：要知道，有些艰辛并不可耻。

我们为了找工作东奔西走，拿着微薄的薪水，被上司训，被甲方虐，日子过得暗无天日，不知何时才能出头。

我们考研失败，国考失利，从一个骄傲的大学优等生变得一度怀疑自己。

——毕业的头两年，真是难熬的两年。当然，所有人生的起步期，亦是由此开始。熬过这艰辛的两年后，你会发现，人生慢步正轨，前方愈渐明朗。

/ 1 /

前两天收到一位读者留言，她满腹委屈地和我说了她的经历。

她大学毕业半年了，刚毕业那会儿找了一份工作，在一个学校做辅导员，很累。由于才出来工作，不懂世故，某次因为太袒护学生，和其他的老师起了冲突，被两个年龄大一点的老师当面骂得狗血淋头。

她当时被骂傻了，没有反驳任何语言。下班后，她回到宿舍，一个人躲在厕所哭了好久。后来，在遭受了一件又一件不公平待遇后，她选择了离职。

然而那份工作却没有给她发一分钱工资。她不敢跟家里人说，就瞒着父母，一边做兼职一边找工作。

后来她又找了份企业管培生的工作，天天被分配到各大超市卖货，觉得前途无望。再次辞职。

此时，她的父亲出现了，一味地指责她读书无用，毫无能力，并且拿“别人家的孩子”和她作比，令她非常伤心和自卑。

工作的不顺与家人的不理解使得她沮丧。但她仍然选择向着前方努力。

她说，她已经整理好了心情，年后会再次出发，充实自己，去追寻自己想要的一切。而通过这大半年的磨炼，令她明白了一个道理——

世界上没有完全顺手的工作。

也没有什么人可以一直袒护你，让你平坦地走下去。

我看完之后回复她：

毕业后的头两年，是难熬的头两年。咬牙挺过来，之后，你便会发现前方的路要好走得多。

她说：是的！希望我努力五年之后，可以堂堂正正地站在父母身边，告诉他们，我不是读了大学没用。

/ 2 /

说一个我身边的故事，一位深交多年的好友。姑且叫他 L。

L 同学是广东人，在北京读了四年大学。读书期间，恃才傲物，横冲直撞，学习与兼职两不误。念中文的他在毕业前顺利拿到了英语六级证书，学士学位，以及数不清的奖状奖学金。

当时他有准备考研，由于本身就读的是一类院校，要考北京市的研究生并不难，尤其是在过线的情况下。

可他想回广东，所以报考的是深圳大学。结果，在面试的环节被刷了下来，悻悻而归。

彼时他刚毕业，和家里商量之后，他开始为参加国考而做准备。他家并不在广州市，家人也劝他就考本地的公务员，可他觉得自己堂堂一本院校大学生，岂有不去大城市奋斗的道理？所以报考了广州市内的。

结果，又是在面试的环节中被刷下来。

他一怒之下，直接收拾行李去了广州，在珠江新城的写字楼里找了份工作，开始朝九晚六的上班生活，为房子和车子努力奋斗。

那两年他过得异常艰辛，从一个优越感很强的大学毕业生，逐步到适应写字楼里的烦琐工作。所幸他有前面两次的考试备战经验，让他在做每一个项目的时候都像考试那样对待。

每一场投标会，他都连续十天半月不闻其他，只将全部心思用于项目标书及市场研究。

每一次竞聘会，他都像参与考试面试那样认真对待，认真准备。

而即使是这样，也不一定能够全部通关，也有竞标失败和竞聘惨败的时候。好在他的心态已是十分好，这些小挫折根本压不倒他，反而令他愈挫愈勇。

现在他已经是公司的业务骨干，几年时间，连升几级，几乎打破公司升职纪录。

他有一句话时常放在嘴边激励下属：像考试一样对待你的每一场出击！

是啊，连考试都打不倒的我们，还有什么能被打倒?

后来有一次聊天，他告诉我，毕业的那两年简直是地狱的第19层！前面因为考试失败遭受了不小的打击，后面因为工作的拼命而焦虑疯狂。他于是干脆将两者结合起来，用失败得来的经验鼓励自己继续前行。

将悲愤转化为动力，如今他在职场上混得风生水起，生活步入正轨，人生开始明朗起来。

/ 3 /

而我自己又何尝不是如此。

虽然已经毕业六年了，但我常常怀念毕业头两年的日子。那是我过得最惨的两年，也是最骄傲的两年。那两年，吃过的苦比后来三四年还要多。但我却无比感恩。

那令我看到了最真实的自己。

我的第一份工作也不乐观，工作了三个月，公司一分钱工资也没发，天天给我们打鸡血。

在被房东恶言追讨房租、快买不起口粮的时候，我去了劳动局，当天下午就领到了被拖欠的工资。想想真是血汗钱呐!

从那以后我就明白一个道理，社会是现实的，属于自己的东西，一定要据理力争。

后来换了份工作，当乙方，接项目，做项目。

那时公司分了组，每一个小组起初都分配等额相当的项目，之后便实行放养的方式，项目变多变少都靠我们自己争取。

是的，几个项目同时做起来确实很累人，所以在坚持不下去的时候，大家都想放弃一两个难做的项目，过得轻松点。

同样，这些项目的甲方都不是小公司，往往有着几个甚至十几个同类型的项目。如果合作的项目做得好，他们很可能再推荐我们做其他的项目。

我就是在那时激发了斗志。无论项目多难做，甲方多刁难，始终咬牙坚持。我现在还记得，当时有个项目对接人周末叫我去开会，我接到电话，推掉了逛街吃饭的邀约，果断赶去项目现场。

结果到了现场我就懵逼了，甲方团队一个人也没有。连忙打电话给对接人，对方让我等等。于是，我等了两个小时。

那两个小时，我没有气恼，也没有走人，我打开电脑，开始做项目月报。这本来是下周的工作内容，但我想反正也是闲着，不如早点做完。

两小时后，他们到了，还有他们的领导，刚好来视察项目。

当被问及我们这一领域的运营情况时，我由于刚才一直在梳理这个月的月报，所以对答如流。对方领导点点头，递给我一张他助理的名片，我回敬我的名片。两周后，我接到了那位助理的电话，签下了我独立签下的第一个项目，之后便一发不可收拾。

就这样坚持了快两年。当时的小组越来越大，项目越做越多，我也在短短时间内完成公司的指标，从一个项目专员升为项目经理，之后，又用了半年时间，组建了一个新的部门，担任部门负责人。

这就是我的头两年的毕业生活，换过两份工作，搬过三个住处，有操心过生活，有担忧过生计，也有焦虑过人生。但好在，一切都挺过来了。

如今我不再害怕工作遇到的困难，不再为生计感到压迫，不再为生活感到迷茫。

我也渐渐发现，人生的第一个起步期，正是在毕业的头两年。

这两年，无论你是在考试、工作，还是创业、做自己热衷的事情，你都会从这最艰辛的两年内收获颇丰。

毕业的时候我们一无所有，人脉、金钱、经验、方向，几乎统统为零。于是决定了这段时期是一个由最低点向上爬升的过渡期。

熬过了这两年之后，想要的一切都在慢慢迎来，后面的日子，也越来越好过了。

工作变得得心应手，效率变得越来越高，人脉变得越来越广。于是，薪水上涨，职位上升，你会发现，一切都在渐渐步入正轨。

这世上没有什么苦是白受的，也没有任何一步是枉走的。有些路，是必经之路，虽布满荆棘，但当你披荆斩棘之后，会看到眼前是一望无际的草原，任你驰骋。

我们始终要靠自己，扳回一仗

这世界靠不得别人。我常对人说这句话，尤其是比我小的人，我总觉得这是我走过的路，当然，也是我的价值观，更是我的座右铭。

/ 1 /

我是个不服输的人，从小便是。我好像一直都学不会服软，也不会屈从于所谓的权利、官衔等。毕竟，一辈子那么长，为何要在阴沟里蹚浑水呢？那些看似高高在上的人，无非是还没踩着石头摔一跤而已。越自视甚高的人，往往摔得更惨。

我才不屑同这种人打交道呢。

然而，身边总是会偶尔碰到这么些人，似乎觉得你好欺负，或者是觉得自己很牛掰，完全不尊重人。

不尊重人的人往往有两个下场，一个是被他人所不尊重，另一个是被高过他的人整惨，无论是哪一种，恐怕都不是好看的一种。

之前刚毕业出来工作的时候，我就遇到了一个“麻烦大婶”。

这位大婶是公司老板家的亲戚，平时待人以尖酸刻薄著称。我一般都不与她正面打交道，知道此人难缠。

可还是没能躲过。

有一天，我因为报销的事情去财务室找她，由于不太懂税务方面的知识，在她说出“不能贴餐饮发票”的时候问了句为什么，结果，好戏开始了，我被她整整骂了半个钟头，办公室并不大，几乎所有的同事都看到了我出糗。

我毫无争辩的余地，因为完全搞不懂她在说什么。后来经理进来帮我解了围，我才被救出去。

我想我当时一定涨红了脸，因为脸颊发烫得厉害，我至今都记得。

再后来，又因为项目的佣金打款情况，我不得不再次去到她的办公室。

这一回，她又莫名其妙地发火了。还是一样的场景，一样的趾高气扬的讨厌模样。

不同的是，这一回，我没有沉默。因为项目的事情，我比她知情。

据理力争了几分钟后，她的脸涨红了，指着我大吼：你还敢顶嘴了是不是？信不信我开除你！

我也不甘示弱地还击：我已过公司的试用期，且业绩排前三，辞退我需要一个合适的理由，否则我会要求赔偿。顺便提醒一句，你没资格辞退我。

她彻底怒了，拍着桌子大叫：你你你！你给我等着，三天之内我一定让你消失！

我回敬：好的，到时候我会带着这笔大单一起消失，你可能记性不好，那么让我来提醒你，这笔单还没有签下合同，目前不属于公司，我随时可以把它带去其他同行公司。

最后，老总出面调和了这件事。这世上，有不领情的老板，但没有不领钱的老板。

我为自己扳回一局，从那以后，公司再也没有人可以随随便便地骂我，或者将情绪发泄到我的身上。

我自己的尊严，必须自己扳回。

/ 2 /

后来换了家公司，没多久，公司里来了个性格温和的小姑娘，大概是脾气较好，各部门有事都喜欢找她。行政部端茶送水洗水果叫上她，合同部打印机坏了让她去找人修，设计部物料到了找她去搬。一个不到一米六的姑娘，成天扛着大大的展板从前台到仓库，很多时候我都担心她的小身板会不会被压垮。

最主要的是，她的逆来顺受并没有得到好心的回报，展板灯布破了，设计部的会找到她训话，问她搬的时候怎么不注意一点。打印机半天没修好，合同部的就把工作延误的原因全部推卸给她，说是她半天没找来修机器的人。就连水果，也会有人怪她没洗干净。

更要命的是，她的直属部门领导对她非常不满意，差点就把她炒了。试问，有哪个领导能容忍自己的下属每天这样无私地为人民奉献的？这不相当于花钱请了个活雷锋嘛。

有一次我去公司天台给客户打电话，一眼就瞥见了独坐在一隅的她，背影有些颤抖。她听见了我在讲电话，转过头来看我，还不忘朝我微微点头。我也和她点头打招呼，一面接着电话。

那个客户非常难搞，让我们报一遍又一遍的方案，修改到全项目组都想吐了还不肯签合同。起初我敬他们是业内大品牌方，每次都忍了，终于，这一次，在我们的项目组已经连续熬了两个通宵为他改案子之后，在他还是闪烁其词之后，我忍不住了。

我说，这将是最后一遍修改方案，合同签署之前我们不会再在这个项目上耗了。

他有点轻蔑地说，那你就不怕我和别人合作了？

据我所知，我提高了嗓音，你们三年内换掉了十家合作商，目前肯接你们项目的除了我们，就只有B公司了。而B公司的报价向来高于我们，在比价的时候就会被你们成本部给砍掉，因为同样的物料，我们能比他们便宜五分之一的价格，总价会是一笔不小的数目，所以他们没有胜算。你现在之所以一直耗着我们，无非是想把我们的创意再挖多点，好找其他低价公司去做。这件事几乎是没有可能的，我坦白告诉你吧，我们已经申请了创意保护，任何一家公司若敢剽窃，就等着收律师函吧！

最后，我以非常善意的心情提醒你，此时距离你们开标只剩一周时间了，你心里很清楚。此次若能合作成功，我们对你的升迁，将起到不可估摸的作用，我们打出名声来的项目不计其数，因为项目名声大噪的项目职业经理人得到升迁的也不是一两个。现在的形势是，我们不缺客户，而你，缺的是我们。

说完我就挂了电话。大概是一口气说了太多话，有点缓不过气来，我索性也来到藤椅上坐了下来，和那位好脾气的姑娘隔着一张桌子。

其实我很佩服你这样的人。她忽然开口对我说道。

我还没缓过来，还在想接下来该怎么和项目经理交代，或者这个难缠的客户会不会跑去告我的状。

我咋了？我随口说道。

你很厉害，敢说敢做，不像我，跟个软柿子似的。她沮丧地说。

我这才回过神来，盯着她看了一会儿。

你会骂人吗？我问。

她显然被我问愣住了，不解地看着我。

你和我都属于市场部，虽然不在同一个组，但工作和接触到的人大同小异。在你碰到了一个尾巴恨不得翘到天上去的客户时，你会不会在回家之后和朋友打电话的时候大骂那个神经病脑子进水的人？

她摇摇头。

如果你一直这么温和，你是不适合做这份工作的，你知道为什么吗？因为你不会释放你的情绪，你把平时遇到的所有不平事都压在心底，这样子久了之后会抑郁的。

她有些难过，很明显不想失去这份工作。

我说，你如果还想留在这里，就从骂人开始吧。一个人如果连骂人都不会，那她就注定要被人欺负到底了。

你想不想翻盘？我问她。

她犹豫了一下，随即坚定地点点头。

我捡起桌子上的一片落叶递给她，说，拿着，把它幻想成你讨厌的人的模样，大骂一句！

她真的就盯着那片叶子看了半天，最后悠悠地吐出一句：滚蛋……

好样的！我赞叹道。从现在起，凡是你不想接受的事情，大可不去接受，凡是你讨厌的人，大可不必理会，这绝不是一个想当然的人情社会，你无私地助人就能换来众人对你的拥戴，这是不可能的。这是一个以实力证明自己的时代，你有实力，胜过一切。而这个实力，绝不是逆来顺受。

我懂了，她点点头说，我只能靠我自己，而不能靠所谓的人缘……

那天下午，回到办公室，有两件好事发生。一件是我毫不留情不给面子还击的那个难缠客户，给我发来了招标书。另一件是，那位好脾气的姑娘在办公室发火了，原因是设计部的又跑来指手画脚，说她搬来的一箱物料少了两件。

她当即拍了桌子，提高音量：请你以后记住了，清点物料是你自己的事，不是我也不是我们部门的事！我肯帮你，是因为当你是同事，也请你搞清楚了，这不是我分内的事情！以后这种事情别再找我，你不值得帮，因为你根本就不会对别人的帮助领情。麻烦你回去你的部门，我要工作了，谢谢！

当时办公室的同事都惊呆了，没想到好脾气的姑娘会这么厉害，我用眼角余光瞥见了她的主管咧开嘴笑了一笑，我知道这简单的一笑，意味着什么。

从那以后，再也没有乱七八糟的麻烦事找到她了，她就有更多的精力去做自己的工作，不久之后就独自谈下了一个项目，被总监在例会上点名表扬。

她还是会笑，会很有礼貌地弯腰感谢大家，但在她的眼神里，多了一份笃定和一些坚不可摧的东西。这种东西将会像个金钟罩，在她周身护法，使得生人不敢靠近。

她终于靠自己，扳回漂亮一局。这不仅仅是争一口气，更是一种能力，而当你具备了这种能力，你将变得无坚不摧，所向披靡！

更重要的是，你将拥有更广阔的世界！

30岁后的稳定，是一种强大的力量

30 岁前的稳定是可耻的，30 岁后的稳定，却是一种强大的力量。

/ 1 /

后台收到一位读者的信息，他说自己很矛盾，依自己的性子，此时正是天南地北说走就走的时候，想去任何一个地方，随时递上辞呈，退掉房子，订好票，第二天就已去到。

他说自己不喜欢太早就给自己的人生下定义，不想自己从 22 岁大学毕业起，就一眼望尽了整个人生。

他喜欢居无定所，四处飘荡的生活方式。觉得这样才能更好地享受活着的意义，感受生命的张力。

而此时父母却出来阻挠了，希望他选择一个城市，安定下来，好好工作，娶妻生子。

他大为光火，和父母吵了一架，索性关机不接他们电话了，一方面是赌气，另一方面是不想妥协。

我看完后问了他两个个问题：

1. 你今年多大了？

2. 你靠什么来养活自己？

他说：离30岁还有一两年歹活。学IT的，搞软件开发，给人打过工，也和人合伙开过公司，挣钱维持生计不是问题，就是找不到安定下来的动力，只想四处飘荡。

我回复：那就趁着这一两年歹活，再最后任性一回。然后该开机开机，该工作工作，该创业创业，在30岁出头的时候，稳定下来。

这不是认怂吗？他随即问我。

不是，这是为了有朝一日你发现父母年事已高想让他们享受天伦之乐的时候，有这个能力给到他们。我告诉他。

/ 2 /

我之所以这样回答，是因为我想起了一年前的一件事情。那时候，去医院看望住院的亲戚，三人间的病房里，还住着一位老太太，年纪很大了，看着有七八十岁了。

亲戚扭伤了腰，我正询问他的受伤经过，此时听到隔壁床上的这位老太太在轻声呼唤着什么。

我连忙转过头去问老人家怎么了，她很虚弱的样子，以至于吐词不清，我完全听不懂。

亲戚说，赶紧叫护士。

我以为出了什么大事，赶紧冲出去叫来了护士。护士拉上了两张床之间的布帘子，不一会儿，只见她端着一个盆子，有点儿不耐烦道：

“阿姨，您的儿子、媳妇呢？怎么又不见了？跟他们说了多少次了，您这做完手术，还插着导尿管呢，身边离不得人，您看，这床单又湿了……”

老人到了这个年纪，该是儿女照料的时候了，况且还生着病住着院。我十分不解，想要问问老人家，被亲戚叫住，冲我使了个眼色，我于是没有做声。

过了一个钟头，一个满脸油光的大叔进来病房，来不及洗手，就把盒饭端到老太太跟前。怎料护士刚好进来换药水，逮了个正着。

“你这盒饭哪里买的？这些菜怎么能给病人吃呢？还有，你一下午都不在，也没人照顾一下病人……”

护士噼里啪啦地指责着，只听老太太开口了，大概是吃了饭菜，说话有了力气。

“医生，给你添麻烦了。我儿子在外做零工，白天要去干活，晚上还要来照顾我，我做手术花了不少钱，他实在是不容易……”

护士听了，换了个语气，语重心长地对老太太说：“阿姨，我看过您的缴费单，是可以报销70%的，您不用太担心，安心养病吧。”

这时，那个满脸油光的疲惫儿子开口了：“报不了，没有社保。”

见大家都愣住，他继续说道：“我这些年居无定所，换了不少城市和工作，刚到这里不久，老母亲就查出了病，什么都没来得及准备，也没存下什么积蓄。”

声音里满是愧疚。

护士不再说什么，默默离开了。

我和亲戚聊着工作上的事情，那位疲惫的大叔听见了，竟也和我们聊了起来。

他说他也是大学生，只是年轻的时候太任性，不懂得珍惜，许多机遇都被他自己断送掉了。

“那时候觉得是个性，现在想来不过是儿戏。我为此付出代价了。人到中年，越混越差，家没成，业没立，还要我妈跟着我受苦，唉！”他叹息道。

/ 3 /

前不久听闻一件事情，朋友的同事老陈最近很不如意。他的二胎儿子刚出生不久，按理应该是欢天喜地的时候，可他却愁眉不展。

问明原因才知道，原来，这位老陈请不到假回去看望老婆孩子。换言之，他的老婆、大女儿以及这个刚出生的儿子，都远在老家。

他没有能力把他们接到自己工作的城市，巨大的经济负担令他无从喘息。

他的大女儿已经10岁了，丢在老家由爷爷奶奶带，一年只见父母一两次，每次回去，那一声“爸爸”喊得无比不情愿。

他的爱人，作为高龄产妇，生下二胎休养一段时间后还得继续出来工作。那么，嗷嗷待哺的婴儿又得丢在老家，和他的姐姐一起，成为新时代的留守儿童。

他的父母都快70岁了，还得照料两个孙儿。

我问朋友，他的这位同事在公司是做什么工作的。

“闲职，可有可无，类似打杂，随时可能被裁掉。”朋友答我。

“我都替他着急，奔四的人了，没有一点长进，我进公司三四年了，他的工资就没有涨过，职位也一直没有变动过。那么一大家子，真不知道他们何时才能过上团圆的幸福生活。”朋友补充道。

/ 4 /

尽管我一直压抑着不想点破，但还是不得不写出这句伤人的话：

的确，穷太久就是你的错。

二十来岁的穷并不可怕，可怕的是一直穷，到中年，至衰老，穷一辈子。

如果一定要做一个选择，那么请在年轻的时候搏斗，在中年到来之前稳定下来。

何为“稳定”？

词典里的释义有两个：1. 稳固安定。2. 指物质不易被腐蚀或性能不易改变。

这里的稳定，是指一种能力，一种强大得能够使你的生活属性稳固，让你及你的家人安定无忧的力量。

如若不具备这种能力，那么你和你的家庭将无数次处于被外界侵扰的动荡之中。

为什么我在文章开头要说 30 岁前的稳定是可耻的？因为年

轻时的稳定是一种懦弱，也是一种惰性。

而随着岁数的增长，你会发现奋斗是一件越来越吃力的事。所有年轻时的不努力，都将成为中年之后生活的阻力，像一个枷锁，令你奔波劳碌，家庭困顿，生活发愁。

那么，什么是 30 岁后的稳定？

——有家（无论婚否，但要有安定住处），有收入，有积蓄，能独立养家，能担待得起父母年老的身体，能让孩子跟着自己并且受良好的教育。能按自己的需求支配假期，定期出游。能有结余的时间，追求工作以外的梦想。

我曾更新过一条状态："我这么努力，就是为了让自己成功的速度，超过父母老去的速度。"此时还应再加一句：以及孩子长大的速度。

不稳定，即是对亲人的不负责。

30 岁后的稳定是一种强大的力量，这股力量由你弥漫至你最亲密的家人，带来长久的幸福。

所有的顺理成章，都是当年的茹苦沧桑

/ 1 /

上个月，我因为工作的缘故，采访了一位集团的中高层领导，做了篇企业专访。

他就是从那个集团的管理培训生，一步一步，做到主管、经理、店总，如今是集团的总监。

这个职权有多大呢？这么说吧，那个集团在全国拥有几十家分店，每家店都是几百平方米。每个店都有一名店总经理。而这些总经理，通通归他管。

他很年轻，不到35岁。他从公司当年的管培生，十年如一日，坐到了如今总监的位置。

他一号令，全国分店都要响应。

他一问责，全国分店都要动荡。

采访的时候我问过他一个问题：当管培生最大的感受是什么？

他说，是外派。那段日子，可以说是历经沧桑。

其实管培生的轮岗制是很多公司的规章制度。

所谓轮岗，就是每个岗位走一遍，有分公司的，分公司也走一遍。学习不同岗位的工作。

这位总监，自从入职以来，几乎每年都要去一家不同的店，这些店分布在全国各地不同的城市，广州、武汉、厦门、郑州……他感觉自己是去打仗，一年换一个阵营。

尤其是入职三年后，他以经理的身份出征去往其中一个城市的分店，在那之前，他没有踏足过那个省份，也完全听不懂那里的方言。

所有“外地人”该有的水土不服他都经历了，所有初来乍到者的不适和困境他都适应了。

最大的困难，就是经历“欺生”。

作为一个才毕业三年的毛头小子，彼时的他虽然已是经理，但仍不受外地店同事的待见。

他努力了一周，不见好转。努力了半个月，还是没有起色。

终于，在努力了两个月后，店里的业绩翻了一番后，所有人都对他诚服。

我们终究要靠漂亮的成绩，给自己打场漂亮的翻身仗。

于是，两年后，他被派到另一座城市的时候，已经是店副总经理了，再过了一年，他成为了店总经理。

此后他再去往任何一家店，都是店总经理，只不过店的名字有所更改，而头衔永远是那么响亮。

再到后来，成为副总监、总监，一切看似顺理成章，但没有人知道他为此付出了多少心血。

做店总的第一个年头，他碰到了“世纪大难题”——商户不配合不领情不待见。

他每次和商户走访的时候，都被寥寥几句话呛得不行。

倒不是对方冲他发火，而是对方冷漠，不愿意吐露心声，一到做活动的时候，就统统不配合。

他苦思冥想，做市场调研，终于搞清楚那个城市的经营弊端。那是一个闭环，一个死环，解不开来谁都别想有活路。

他熬夜写出报告，大刀阔斧进行改革，砍掉了当时众多环节中冗长而毫无意义的一环。但这样做，风险极大，他很有可能保不住饭碗。

他说，企业都是以营利为目的的，不能盈利的板块或者阻止盈利的板块，就得痛下决心砍掉。否则堵在中间，只能断了财路。

我问他，当时怎么会有那么大的勇气？

他说，没办法，我签了军令生死状。

在我惊讶的眼神中，他笑了，说道：

这是我给自己立的军令状，没有旁人。

看来又是一条路走到黑不给自己留退路的人。

接触过一部分在某一领域做出优秀成绩的人，我发现，越是厉害的人，往往越是不给自己留退路。也正是这样的人，才更有魄力有胆识，拥有更多的可能性。

我们常常欣羡于一部分人的成功，羡慕他们所拥有的学识、财富和社会地位，却不知道他们的决绝。

你必须决绝一点，才能更加出色。

因为，一个人有多决绝，就有多狠，有多狠，就有多大气候。

/ 2 /

小时候，家里的长辈总是会这样说，XXX 一点小事就哭，将来肯定成不了大气候!

所以，在很小的时候，我就觉得“能成大气候者”非常牛逼。我有一个表叔，在广州拥有自己的实业，开豪车住豪宅，大家都很羡慕他。

有一回过年聚会，他回来了，我们一起聊天，他得知我在深圳打拼，便告诉了我他的曾经。

曾经的他大学毕业后原本可以分配到一份在当时不错的工作，但他觉得那样太受限制。

我都不知道我究竟有多大的本事，难道就要在那里度过余生？那我也太没本事了！他调侃道。

于是他不顾家里人异样的眼光，独自南下去往东莞，后辗转至佛山、广州，终于一步步走到今天，拥有一家不小的实业。

最重要的不是收获了钱财，而是生活。如今，我能随意支配我的时间而不是看着时间下班，周末担心加班。这，就是当老板的好处。他笑称。

的确，如果当年他没有走出来，只是在家乡的小县城里教书，现在大概是在备课、等待下课铃和深夜批改试卷吧。

他独自南下的第一个年头，风餐露宿是常事。睡过公园长凳，也露宿过桥底桥洞。吃过连续一个月的馒头稀饭，也累得没有力气吃饭。

他说，我最大的苦都已在那时受完，如今命运反转，我该开始收获了。

生意做大以后，他接触到的世界完全变了。

现在，他加入了游艇协会，总裁俱乐部，读了 MBA，出国考察，度假，结识同僚。

一切的一切，都是那么的顺理成章。而一切的一切，又不是那么一帆风顺。

他创业过 7 次，都失败了。欠债的时候，连续一个月夜晚无眠。第 8 次，他终于成功。但他还是说，只是暂时的，保不准哪天又破产了。

他时刻保持清醒的头脑和清晰的危机意识，他知道这个世界风云万变，不测之事十有八九。

但好在，历经如此之多的困苦沧桑，今后所有的期望，都会因此顺理成章。

我想成为一个可以随时随地“顺理成章”的人，你呢？

姑娘，请让你的生活体面一些

题记：横冲直撞的同时，请让生活体面一些。

去深圳工作的第三年，我接到公司的晋升通知，由一个项目经理成为公司年龄最小的部门总监。那一年，我还不满 25 岁。

由于年纪较轻，经济上还没有积攒太多的财富，加之我一向的勤俭生活观，所以升职之后的我，除了名片上的职务和工作的重点不同，似乎并没有太大变化。

还是在每天的早晚高峰中挤地铁上下班，赶在车门即将合上的时候冲进车厢。

还是在出租屋里加班做工作，深夜了还在电话对接项目事宜。

还是顶着一张只画了眉的脸出门，不施粉黛。

还是不顾一切地向前，横冲直撞。

直到有一天，我的想法被颠覆了。

我的项目对接方是一位大我几岁的姐姐，职位在我之上，品位出众，全身从头发丝到高跟鞋，无不精心修饰。

某个周末参加完项目活动后，我们刚好在中心城附近，她便提议去逛逛，我欣然往之。

我喜欢她，因为她和我性格相投，工作上都是雷厉风行，以高效率和高执行力为重。此外，也是我行我素，能在短时间内做出判断，从而决策。

中心城是白领很爱去的地方，这里的美食和服饰都在可接受范围之内，没有东门的低廉，也没有万象城的张狂。在深圳待久了，会发现，这里能去逛的地方，简直屈指可数。她对我说。

可不是，平时加班都累成汪，哪里有时间出来逛啊。我好像有点跑题了。

中心城不错，你有没有熟悉的店？她笑着问我。生活中我们也很相似，褪去了职场中的锐利，露出温和的一面来。

熟悉的店？什么意思？会员吗？我不解。

不是，我是指你喜欢的店，就是里面的衣服和你平时的穿衣风格很切合的店。

没有哦。我回答得很干脆。你一定有吧？那我跟着你逛吧。我笑嘻嘻地提议。

她笑着点点头，接着以惊人的速度带我横穿中心城。虽然是横穿，但一共只逛了三家店，买了一套职业装，一件长裙，一双高跟鞋。

我看了看时间，只用了半个小时。

你逛街真有效率啊！我不由得赞叹。我就很没有方向，每家店都进去瞧一瞧，有时候一下午过去了，也没能挑到一件合心意的东西。

我帮你。她带我开始一家家地逛，挑选适合我的衣服。说真的，她眼光很不错，挑的好几件也都是我喜欢的，但我还是一直摇头。

她注意到了我的尴尬。

是价格不合适吗？她问。

我难为情地点点头：你挑的那些，都太高档了……

她沉吟片刻，抬起头微笑着对我说：不，不是我挑的高档，而是你太缺高档的东西了。

你现在不再是一个刚出校门靠着网店均码的衣服就能活跃在职场上的小姑娘了。你是部门总监，带领团队，外出谈项目，出席甲方工作会议。换句话说，你现在，身份不一样了，得过得体面一点。

我看了看自己浑身上下加起来还不够她一双鞋子价码的打扮，若有所思。

其实几年前的我和你一样，工作上有拼劲，升职很快，但有一件事，令我耿耿于怀。

她向我道来了她职场中的一件委屈之事。

那是一个难度很大的项目，她和团队日夜赶方案、开脑暴会议，终于在最后开标的时候，碾压同行。眼看着单子就要到手了。那天甲方领导忽然心血来潮，提议大家一块儿就近去项目现场看看，再谈谈各自的想法。

她欣然往之，做过片区调研的她，显然胸有成竹。

然而，就在项目施工现场，在不规整的水泥路面上，她那双穿了两年的廉价高跟鞋，右脚鞋跟忽然断裂。她险些跌倒。

站在她身旁的甲方领导顺手扶住了她，关怀地问她有没有事，她正报以微笑说没事，却发现眼前这位穿着精致的女人，正盯着她那只除了断根还掉了漆的鞋子，皱起了眉头。再接着，目光回到扶住她的胳膊上，她的那件黑色七分袖衬衣，居然开线了……

那天太阳很大，从项目现场出来后，她跌跌撞撞地回到家。站在镜子前，看着自己断根掉漆的鞋子，开线的衣服，以及低档化妆品在脸上渗出的油，狠狠地难受了一场。

她没有想到，自己的工作能力居然没有战胜身外之物的细节。那个项目没有拿下，她清楚地记得在电话询问中，对方对接人冷冷地告诉她：我们领导说了，要找一家体面些的公司合作，很抱歉你们没有入选。

几个月的调研和加班加点付之东流。她看着疲惫不堪毫无精神的团队，心里一阵哀伤。

她深深意识到，不体面的外在，就是失败！

下定决心改头换面。她调休了三天，去修饰自己。做头发，买适合自己皮肤的高档化妆品，挑符合自己气质和气场的服饰，三天后，容光焕发地出现在公司，像个女王。

再后来，她直接筛选出了适合自己的店和品牌，如此一来，买衣服、包包、化妆品的效率也提高了。她还是那个工作出色的女子，唯一不同的是，此时应当再加上一个标签：体面女子。

大城市里有太多太多像我们这样的姑娘，工作上都是风风火火横冲直撞的女王，但回到生活中却是舍不得吃穿，勤俭节约，不注重外表，不精心打扮的善良女孩。诚然，不是每一天每一分每一秒都要把自己武装起来，而是要分场合。在什么场合做什么事情。我们都喜欢穿着得体谈吐优雅举止大方的人，尤其是在工作场合。

即使我们不是家财万贯的二代公主，也不是呼风唤雨的尊贵王后，但至少，成为一个得体大方拥有气场的女王，还是不无可能的。

每个姑娘去往大城市都会度过一段无依无靠的艰苦岁月，不靠任何人。

在这里，你一个人闯荡，一个人养活自己。

在这里，你举目无亲，只能靠自己。

我心疼这样的姑娘，因为我也曾是这样的姑娘。

而生活总会好起来的，不是吗?

你也会凭借自身的魅力，吸引爱情。

会通过自身的努力，获得职场升迁。

经历成长到成熟，时间在向前。可以一直保持少女心，但不可能永葆少女容颜。

爱情来的时候，我们为每一次约会精心打扮自己，挑选粉色的口红。

升迁到的时候，我们为这一次加冕好好犒赏自己，购置大牌的皮包。

这并不是败家，更不是拜金。时光总会赋予我们，更好的回应。

你永远不知道你的某一次约会就可能是对方最珍贵的回忆，也不知道哪一次的会议可能就令合作方对你印象深刻。

我们能做的就是，每一次，都不辜负这一场春光，这一回时机。

要知道，有些高档，并不可耻。

让生活更加体面一些吧，我横冲直撞的姑娘。

不试试怎么知道
那是不是机遇

题记：机遇就像超级玛丽的蘑菇，吃一口，变大一点，再吃一口，变强变壮。关键是你要不停向前奔跑，飞天遁地，不放过任何一个可能藏有蘑菇的角落。

这个年代，有这么一种人，永远不肯尝试，永远故步自封，然后怨天尤人，感叹遇不到伯乐，撞不见机遇。

不知他们有没有想过，机遇会在那儿乖乖等着你吗？抱歉，它可没有那么听话。它是个从来不主动出击的傲娇大人，需要你对它展开强烈攻势，才能把它追到手。

而通常情况下，我们可能并不知道那就是机遇，所以需要排除万难的尝试。因为，不试试，你怎么知道那是不是机遇呢？

2012 年的寒冬还没有过去，我就来到了深圳，大学还没有毕业，本来是实习阶段的，但我想早点接触到我歆羡已久的社会大染缸，并以初生牛犊的狠劲儿坚信自己一定会酿出一番大红大紫的颜色来。

在这样的情况下，我怀揣简历奔走在频繁的面试道路中，当时有两家公司愿意录用我，都是做互联网产品销售，我选了其中一家，仅仅是因为那家公司的底薪比另一家要高三百块。

我在还未踏入社会的时候就清楚明白金钱的重要性，也很清楚自己毕业后的使命就是挣钱，过更好的生活。

为此，我从一个学新闻采编（属于纸媒）的专业进入到我当时不太喜欢的互联网行业，我的三观其实是拒绝的，但迫于大脑和心脏的强烈命令，三观不得不接受改变，所以才有了三年后我在另一家互联网公司做到了总监，再后来去了一家上市公司做新媒体经理。当然，这些都是后话。

我要说的是，对于年轻人来说，除了实力，机遇是非常重要的；对于机遇而言，大胆去试，才是首要的。

第一份工作开始后，我跟打了鸡血一样奔走在各色各样的客户之间，和各行各业形形色色的人打交道。我的工作是网络推广，就是把公司的网络产品推荐给其他企业使用，这个职位还有另一个词，叫作销售。

对于销售员来说，每一个客户都是潜在的单，能不能签下来就看你花多大力气去拿了。

我把每个客户都当作贵人，把每次约见都视作机遇。

我至今仍对我的头两个单记忆犹新。其中一个单不多，才几千块，但我为了拿下它，连续去拜访那位客户总监十余次，他忙，我就在一旁等，他空闲了，我就凑上去说两句，但仅仅是说两句，他的电话就又想起，或者秘书又来通知他去开会。

有一回，他随秘书出去开会了，临走前随口说一句你稍等啊。于是我一个人在他办公室外的会客室坐了4个小时，直到他回来办公室拿手提电脑准备下班，才发现了我。看到我的那一瞬，他有点惊讶，说，你怎么还在这里。

我微笑着说，怕您回来了想要聊合作而找不到我。

他看了我一眼，似乎是这十余次的会面中唯一一次可以称得上是“正眼”的一眼。然后边走边说，我开车送你去地铁站，你现在有十分钟的时间和我讲讲你们的产品。

我把产品介绍、报价方案、行业评估浓缩在那十分钟里讲解给他听，他听完只说了一句话：我考虑考虑。

这一句，我就知道，有戏了。

接下来又是几次登门到访，直到终于签下我人生中的第一个单。

我是那批新员工里最先签到单的，经理让我在晨会上和大家分享经验。我想了想说，其实在连续十次不温不火的交谈中，我每次都感觉到估计没戏了，可是每次回来，就又会想着要么再试一次吧！也许这一次，就能成功了呢！

哪怕是那次等了他 4 个小时，其实，我也是在试，试一试他还会不会回来，试一试他回来了会不会有机会和他交谈，没准儿就成了呢。

第二个单的前期也是差不多的情况，连续拜访了几次，对方不冷不热地晾着，不说做，也不说不做。后来有一次我去对方公司，偶然间被我听到对接人王先生竟然和我是同乡，我眼前突然一亮，立刻闪现出一种他乡遇故知的感觉。

其实在陌生的大城市里遇到同乡是一件概率非常大的事情，有的因为同乡成为朋友，有的就随口一过，转眼就忘。可我不要，我要和我的同乡做生意，一起签笔大单！

刚好那个时候我回家了一趟，顺带了一些特产过来，我知道，就这样把特产送到他办公室是一件有失妥当的事情。于是我把时间定在下班时间。

我打电话给那位客户，说明缘由，他一开始是连声说不要的，我说没关系，就当是小妹送大哥的一点点小吃，您应该很久没回去了吧，尝尝家乡味道吧！

软磨硬泡的，终于，他答应了。

下班后，我坐车去往他住的小区附近，等待他下班过来。我六点半到的，给他发了个短信，说王哥，我到了，在您小区外面的天桥下，您回来就能看到我。

十分钟后接到他的短信，说他在开会，可能会晚点。我说没事，我刚好在附近转转，您先忙。

就这样，我抱着一箱特产，站在人来人往的天桥下，看着潮起潮落的乌云倾天。八点多的时候，他给我打了个电话，问我还在那里吗，说要不你先回去吧，我一时半会儿还走不了。

我说我还在这附近逛着街呢，没事儿，您忙您的。

放下电话，大雨倾盆而下。我抱着特产撑着雨伞一路走一路找地方躲雨，怕雨水淋湿了特产，把伞倾了又倾，背后被雨水打湿，衬衣贴着我的背，冰凉冰凉的。

四月份的深圳，天气阴晴不定，心中冷暖自知。

九点钟的时候我又接到他的短信，说手机快没电了，充电器忘带了，让我赶紧回去，不要再等他了。

我回了他一句：好的。

十点半的时候我在天桥下撑着雨伞，怀抱特产，饥寒交迫地等来了我的客户。他看到我的时候吃了一惊，说你咋没回去呢?

我把特产递给他笑着说：都拿过来了，岂有拿回去之理?

他看到我被雨淋湿的样子费解地说：你咋不去前面的超市躲躲雨啊！淋成这样!

我又笑了：您手机没电了，但回家必经过这个天桥，我只有在这里待着，才行呀!

他摇摇头说，你这孩子，太拼了。

那晚我坐夜班公交车回到家还不到十二点，接到他的短信，说第二天早上过去他们公司，谈谈合作事宜。

我闭上眼睛，不让欣喜的眼泪流出来。

洗漱完毕后，我筋疲力尽地倒在床上。

机遇啊机遇，为了遇见你，竟花光了我所有的力气。

我遇到很多努力的人，但有时候，不是仅靠努力就可以的，你必须相信机遇，在埋头苦干的时候寻找机遇。

我不相信这个世界有不劳而获的结果，也不相信有人能光靠运气吃饭。但我挺相信机遇这个词的，我把人生中遇到的每一个人都当贵人，把碰到的每一件事情都尽心去做。

因为我知道，伯乐就藏在那拨人当中，机遇就躲在那些事之中。而我不知道谁才是，我所能做的，就是一件一件地去试，这样，才不会让那个名叫“机遇”的家伙溜掉！

我不是不想轻松，
我只是不想靠嫁人变得轻松

题记：愿世界温柔以待我们，亲爱的姑娘。

还记得有一年过年回家，妈妈的同事过来串门，一见到我，便一如往常地惊讶道：怎么黑眼圈这么严重呀！

这位阿姨向来能说会道，一向以精明著称。几年前我还在读大学的时候，她就经常“好心”劝我，不要在大学里随便谈恋爱，要谈就谈个有价值的恋爱。

我当即夸赞她开明，以为她是让我找个志同道合有才华的男朋友，没想到接下来的一句话，令我久久说不出话。

那种家里没钱没势的穷小子，千万别找，这种没价值的恋爱，谈了也是浪费青春。

这位阿姨果然是上好的丈母娘人选啊！我笑笑，不再说话。

大学毕业后，得知我要一个人跑到深圳去工作，这位阿姨不知和我妈做过多少工作。让我妈一定要把我留在家里，说女孩子家家的，去大城市就是遭罪。

所幸我的父母都是开明之人，我家也是个极其民主的家庭，有什么事，只要提出来，说出自己坚持的理由，大家都会表示赞成。

我那时的理由是，我读了十几年的书，如今毕业了，且不说报效祖国这样大的话，好歹也应该去外面的世界闯闯，发挥发挥，看看自己有多少能力吧。况且，我喜欢深圳这座城市，读书的时候寒暑假就经常去玩，对这里有着特殊的情结。

所以，我去深圳这件事，全票通过。

从那以后，每年过年回家，那位阿姨只要在小区里碰到我和我妈，总会好心提醒：你看你家亭亭，又瘦了！皮肤又差了！脸上又长痘了！

我妈说，没办法，她工作比较忙，人又比较拼命。

啊呀你这是不行的啊！还不赶快让你女儿回来，给她找份轻松点的工作，养好皮肤，说个好亲事，然后就只管在家里享受啦！

我苦笑：阿姨，我还年轻，不着急……

你这闺女，不趁着年轻嫁出去，以后怎么过得轻松啊！

我故意打趣道：年轻，当然不是轻松享受的时候呀！

那阿姨一副对我无可救药的表情，摇摇头回去了。

后来我妈告诉我，阿姨的女儿，比我小几岁，如今刚上大学，对象已经找好了，是个富二代，家里很有钱，一毕业就结婚，家里连婚房都买好了。

我说，这还有三四年呢，未免也太操之过急了吧？

正说着，一辆B字头的轿车从我们身旁开过，忽然停了下来，往后倒退了几步。车窗被摇开，那位阿姨露出神秘微笑，和我们打招呼。

原来，是她的准女婿开着豪车过来给她拜年了，这会儿正要去泡温泉。阿姨一家人都坐在车里面，她让准女婿给我们打招呼，那个二十岁左右的小伙子转过头对我们浅浅一笑，神情有些尴尬。

我能想象，一个二十岁的男生有多么讨厌这种人情世故。

前年过年回家，又碰到阿姨，见面又是老样子，问我打算什么时候结束在外流浪的苦日子。

我不苦啊，阿姨。我说。

每天起早贪黑给人打工，一个月拼死拼活就几千块钱，还要租房，还要挤公交，这还不苦吗？阿姨反问。

我现在轻松些啦。我说。

她不解地看着我。

我现在属于公司中层，管理团队，工作时间比较弹性……

升职了啊？工资怎么样？过万了吗？阿姨打断我。

我有种被人逼问三围的感觉，只能不好意思地点点头。

阿姨忽然叹了口气，说：我那女儿真不争气，大学还没毕业，就和那小伙子分了。现在毕业了工作也不好找，在市里随便找了份工作，一个月业绩好点的话能拿三千……

让她去大城市看看吧！我提议。

那怎么行！阿姨惊恐地看着我。像你一样过得那么辛苦，她干不来的，我也不同意！

原来她并没有意识到自己给女儿灌输了一种多么错误的价值观，她甚至觉得哪怕女儿一辈子就这样了，也不愿意女儿去证明自己的能力。

而从她的话语中，我也顿时有种我怎么这么差的感觉。可立刻反应过来，不对啊，我不差啊！我自己靠自己，从小职员做到了总监，只用了不到三年的时间啊。

可转念一想，我又何必跟她争呢？懂我的人自会欣赏我，不懂的人说再多也是枉然。

然而，这个时代有太多像我这样的姑娘，怀揣梦想，一个人去往大城市闯荡。她们能应对工作，应对加班，应对难做的项目，以及密不透风的拥挤车厢。

但她们却逃不脱，世人的非议。

“女孩子，不趁着年轻嫁出去，越老越贬值。”

“男人都喜欢二十来岁的年轻姑娘，再不谈婚论嫁，你就没人要了。”

——以上，都是我们经常听到的毒鸡汤。

许多观念都认为女孩子要过得轻松一些，不要去闯天下，不要摧残花容，不要吃苦，不要有斗志。要安身于小城，找一份轻松的工作，要趁着年轻找一个富裕的对象，过富足的生活。

可我们不希望自己成为一个没有底气的姑娘啊！

我们不想这一生就这样唯唯诺诺，没有见过大世面，没有得到过肯定，没有为自己骄傲过。更不想另一半某一天突然对你说一句“你怎么什么都不知道”。

女孩子，尤其是只身在大城市闯荡的女孩子，都不容易。但只有她们自己知道，这值不值。

我们希望自己拥有的都是自己挣来的，或者是和他一起挣来的。我们不安身立命，不坐享其成，不卑微懦弱，不委曲求全。

我们靠着自己，一步步走得稳健，一步步走向高处。我们并非不想活得轻松，只是不想靠嫁人变得轻松。

所有年轻时吃下的苦都是为了今后不吃苦，每一步都不算白走，每一天都不叫苟活。我们见证自己最发光的一面，也享受横冲直撞无法无天的青春。

我们知道自己想要什么，确信自己不要什么。我们活得坦荡，活得真实，活得底气十足！

生活永远在继续，而我们的内心，也越来越丰盈。

我们深知，世界需要我们，不落俗套的姑娘！

这世上没有
一蹴而就的事情

题记：2015 年中至 2016 年末，一年半时间我写了 50 万字，出版了两本书。

我很少做总结，重要的事情都放在心上，重要的灵感都跃然纸上。这便足矣。但今天，2016 年末的一天，在这一年即将飞驰而过的时候，我忽然想总结点什么，给自己这两年一个交代。

这两年于我有着非凡的意义，生活与兴趣，皆是。但我是个不太喜欢公开私生活的人，所以，生活上的事情就用“越来越幸福”一言以蔽之。

此刻我想说点儿兴趣上的事情。

这辈子最大的兴趣大概也就是写作了。我妈以前问过我一个问题：你希望你的孩子以后成为什么样的人？我说，健康、平安足矣，如果还有一点点的小奢求，那我则希望他能够早点找到自己最热衷的兴趣。

为什么这么说，因为我发现，人这一生极为短暂，尤其是到了三四十岁以后，成天想的也都是“时间都去哪儿了”。我见过太多太多的人，年轻时庸庸碌碌，过得迷茫又痛苦。他们不知道人生的乐趣是什么，意义是什么。

在我看来，这一生拥有坚持不懈的兴趣方能在漫漫长日中找到活着的乐趣。

恐怕也只有热爱，才能令你矢志不渝、执迷不悔地做一件事情了吧。于是生命由此便活出了重量。

于我而言，这事儿便是写作了。

也常有人问我关于写作和出书的问题，我很少回答，因为一言难以蔽之。那就趁今儿做总结，索性都写出来吧。

/ 1 / 写作

首先说说写作，我是什么时候走上写作这条道路的呢？其实应该很早，从我对文学抱以热爱之情开始，从那时起，再看天地万物，俨然有了不同的感觉。

譬如遇到了一个有趣的人，我会在心里盘算如果某一件事情发生在这个人身上会折射出什么样的情景来。或者可以这么说，设定一些情境，然后把这个人安置其中，会发生什么。于是，这就是“故事”的由来。

再比如，面对某件事情的时候，我会想，如果这件事换成一个不存在的人来做，他会处理成什么结果呢？接着，如果在面对一系列事情的时候呢？他会怎么做？于是，这就是虚构人物性格的塑造。

是的，这是最基础的素材演练方法，我自己摸索来的，觉得很好用。往风雅上讲，就是“一切景语皆情语”；往通俗上说，就是灵感来源于生活。

我们总不能什么都不做，最后往电脑前一坐，打开文档，就指望着能写出文章来。一切都是积累，哪怕这个积累过程很慢，很漫长，那也无妨。

我曾写过一句话：哪有什么一蹴而就的事情，一切都是刀耕火种，御风而行。

写作，不一定要在写出字来的那一刻才叫“写”，它包含一整个自始至终的过程，所以它也叫创作，即创造和作业，构思积累和细心观察的环节，同样重要。

有时候我会问自己，我为什么要写作？为什么要跟自己过不去。嗯哼，写作的确是个苦差事，心情郁结、腰椎疼痛、手脚冰凉都是滋生出来的毛病，可谓是吃力不讨好。

那我为什么还要写？

我想了想，大概是因为闲不住吧。对，我是个闲不住的人，简言之，就是生性爱折腾，难以安分守己过舒适的小日子。

再者，我是个坏脾气、情绪化的讨厌鬼，我觉得把我所有的脾气和情绪加起来绝对是洪荒之力。为了避免戾气伤人伤己，我得给这股气流找个出口，所以我拿起了锋利的笔。

不得不说，这玩意儿会上瘾，真的会上瘾，越写越停不下来难以戒之。且越写越有心得，越有快感，一天不写直痒痒。

我忽然有点同情民国时期的鸦片分子了……都是上瘾惹的祸啊！

/ 2 /　出书

接下来聊聊出书这件事。

为什么要出书？答案很直接，写了那么多字，不是让它们发霉的，而是让它们变成一些特定符号的。

就像不想当将军的士兵不是好士兵一样，不想当作家的作者恐怕没有几个。那么，成为作家的必要条件之一当然就是出书了。

简言之，书，就是作者的作品，是文字价值的体现，也是留存于世的证明。

天地玄黄，宇宙洪荒，所有的生灵万物都会形骸破碎，荡然无存。人生短短数十载，百年之后，无人记得。为了证明我曾在这个世上活过，我充分发挥了自己的（shen）远（jing）见（zhi），趁还有一口气在，写出可以称得上“作品”的东西来。

可是一边上班一边写作的日子确实过得很紧巴。这里的紧巴，是指时间。

写作是工作之余的狂欢，写得疯狂的时候，我可以很长时间都不娱乐。这也是为什么一旦写作，尤其是业余写作，你将会牺牲掉许多业余时间。

其实我算是个半路才走上来的人，真正开始不间断写书的时间并不长，也就是去年 4 月开始的。那时候写了大量的短文，给差点迷茫的自己打气，没想到也鼓舞了别人。文章开始发酵，被转载，被刊登，出版社编辑开始找到我。

2016 年 4 月，第一本书《多少不凡，只因不甘》上市；12 月，第二本书《姑娘我横冲直撞，自带光芒》即将上市。其实当初写的时候，并没有这些计划，当时还是个愣头青，这些都是边走边落实的。

从 2015 年中到 2016 年 10 月，刚好一年半的时间，我在电脑里翻了翻，所有的书稿及未发表的文字加起来，恐怕要有 50 万字。

我之所以统计到 10 月，是因为 11 月基本放空。除去一些事务的原因，还有一方面原因是我想休息一段时间，给自己放放假，做其他同样有意义的事情。

因为，整个 10 月，我用一个月的时间，写了 10 万字，差不多完成了长篇的尾稿。

想想那个月，真是疯狂，晚上下班了写，而且几乎没敢浪费一个周末，每个周末基本上都是一天一万字的速度，从天亮写到天黑，饿了叫外卖，渴了喝矿泉水。

那种感觉现在想想仍觉酣畅淋漓，那是写长篇的感觉，是思路完全清晰、构思完全完整后的健步如飞。但这并不意味着我是一个月就写完了一部长篇。

这部长篇我花了太长的时间在大纲和前期，光大纲就修改调整了至少十余次。没有办法，算是第一次这样写一部长篇小说，只能把前期工作都细致到位。

也正是由于前期工作的详尽娴熟，才致使我能够一个月写完后期的那 10 万字。

至于短篇，我目前已出版的那两本书都是短篇合集，短篇是我目前写得最多的文体，当然，这里的短篇有两种，一是励志型的短文，二是偏文学性的小说。目前前者的产量高一些，但后面，我会调整一下，多写后者。我觉得一个作者应该有更多的可能性，而不是仅仅局限于一种文体。

接下来，还是会写，但可能不会更新得那么频繁，因为小说这种东西，一是写得慢，二是我想积累起来，等风来。

在这里，我想对那些问过我关于自己要不要写作的童鞋说，当你想写了，别迟疑，这一刻，就开始吧！也别太急躁，要有沉得住气的心情和坚持写直到等到机遇的毅力。

毕竟，没有人会知道你究竟有没有实力和潜力，你终究是要靠作品来说话的。所以，写吧，你没有别的选择。

此外，我还做了件大胆的事情，那就是——改笔名。将笔名“海欧”改为“海欧亭亭”。其实对于刚出道不久的新人作者而言，是不建议改名的。但我的名字有些尴尬，一搜出来全是海鸟和手表，所以只能改啦。

末了，回到主题来——2015年中至2016年末这一年半时间我写了50万字，摊开来讲，就是用大概500天的时间，平均每天写一千字，这才有了50万字。

这一年半，我出了两本短篇集（《多少不凡，只因不甘》和《姑娘我横冲直撞，自带光芒》），写完一部长篇，然后还攒着一些未完待续的文，嗯，差不多可以了。

所以，这也算是我年末给自己的打分吧，没有具体的分数，只有满意与不满意。

——满意。

记得有一段话是这么说的，女孩子可以通过三种方式变得富有，一是投胎富贵之家，二是嫁入豪门，三是靠自己打拼。

我们始终要靠自己，才能活得漂亮。